CARME ELIAS

QUAN DEIXI DE SER JO

Traducció de Marta de Bru de Sala i Martí

Columna

TÍTOL ORIGINAL: *CUANDO YA NO SEA YO*
PRIMERA EDICIÓ: ABRIL DEL 2023

AV. DIAGONAL, 662-664 - 08034 BARCELONA
ISBN: 978-84-664-3029-6
DIPÒSIT LEGAL: B. 6.066-2023
FOTOCOMPOSICIÓ: MOELMO
IMPRÈS A CATALUNYA - *PRINTED IN CATALONIA*

www.columnaedicions.cat

Certificat PEFC
Aquest llibre procedeix de boscos gestionats de forma sostenible i fonts controlades
PEFC
PEFC/14-38-00305
www.pefc.es

A la meva estimada família, per tot i per tant.

Índex

I

Així va començar

TOT

Asseguda a la meva taula de treball, amb els sons del traginar de la vida al meu voltant, intento recordar el principi. Els meus dits recorren les tecles de l'ordinador, que em coneix des de fa temps i em facilita la missió que li imposo.

La-me-va-me-mò-ri-a. La meva memòria. Recordar.

Una cosa que resulta senzilla per a tothom i que per a molts no té cap mena d'interès perquè són batalletes del passat o fets més recents. Per a mi és un acte heroic. Malgrat tot, jugo amb avantatge. Apilats sobre el terra immaculat de la meva habitació reposen els diaris escrits en diverses etapes de la meva vida que guarden i resguarden pacientment, contenint al seu interior els avatars dels anys viscuts, l'esdevenir dels esdeveniments i el *passar* dels dies.

Em dic a mi mateixa que en algun moment, i conscient que no puc trigar gaire, vull resumir... Per a què? Per a qui? És igual! No és la fi el que m'interessa, sinó el mentrestant i l'ara.

Temo emocionar-me, compto amb no recordar. Siguem pràctics! No sé qui és «l'altre jo» que m'arrabassa la ment i que és més fort que jo mateixa... Tot i que, a hores d'ara, m'ho hauria d'imaginar.

Soc i he sigut actriu de vocació. Actuar ha sigut la meva professió, m'ha acompanyat des que era petita, des que el dia de Nadal recitava el poema après a l'escola enfilada dalt d'una cadira tal com marcava la tradició de la Catalunya d'aquell moment.

«Acció!». «Hi havia una vegada...». «Tot va començar...».

Apareix l'Editorial Planeta a la meva vida (i d'altres a qui agraeixo l'interès) i em conviden a recordar per escriure un llibre sobre el meu procés amb la malaltia de l'Alzheimer. Així que accepto el repte. Intentaré arrancar pel principi de tot el que va venir després.

Feia temps que sentia una certa inseguretat davant la càmera, quan sempre havia estat la meva amiga i sempre la governaven uns magnífics professionals. Sentia inseguretat fins i tot actuant al teatre, un terreny que coneixia tan àmpliament. El que sentia en aquells moments era difícil de descriure. S'assemblava força a la por. Experimentava una emoció vertiginosa abans d'entrar en acció, una acceleració excessiva del cor digna d'una estrena, però no la mateixa que s'experimenta amb una funció en la qual portes actuant des de fa molt de temps o en rodar una pel·lícula on tots som part de l'equip. En aquell moment, la meva vida personal era molt bonica, tot i ser esgotadora. Però la idea que tot el que sentia fos degut a l'estrès no em tranquil·litzava.

Més enllà del pànic escènic

El 2017, durant el rodatge de *Quién te cantará* (2018), de Carlos Vermut, va començar a mostrar-se el que avui és una realitat. Ell és un director que fa un cinema molt personal, un cineasta especial al qui admirava profundament. Jo estava il·lusionada amb la perspectiva de conèixe'l i de posar-me a les seves mans. Però durant l'exercici de la meva professió, malgrat els anys de pràctica i l'experiència adquirida, vaig entrar en situacions que no tenien res a veure amb el que havia viscut fins llavors. La veritat és que no era por. Crec que la por no és dolenta, perquè t'avisa que has d'estar alerta davant de tot el que t'espera. Vaig sentir pànic, com si m'anés a llençar per un barranc fosc, per un precipici sense fi... Allò era pànic escènic. Així és com s'anomena aquest bategar del cor mesclat amb una mena d'inseguretat davant de no se sap què ni per què, atès que ja està tot a punt i assajat! Preparat amorosament. Aleshores, quan es viu alguna cosa així, sortir a l'escenari o sentir la paraula *acció* és com un acte kamikaze.

I jo estava aterrida.

No entenia què em passava, a voltes em sentia paralitzada... Ho parlava amb el director, però després tornava a experimentar el mateix. Tan bon punt vaig tornar a casa, a Barcelona, vaig visitar tota mena d'especialistes i em vaig fer proves de tot tipus. Psicòlegs i neuròlegs escoltaven atònits el meu relat, mentre que les proves confirmaven que tot anava bé. Em van receptar tranquil·litzants per suportar-ho.

Després d'això, el 2019, la següent feina que vaig fer va ser una intervenció molt petita, però molt bonica i contundent, en una pel·lícula de Claudia Pinto, *Las consecuencias* (2021). Ella no només és una cineasta a qui admiro, sinó també una gran amiga; una amistat que es va iniciar quan vam treballar juntes en la seva anterior i primera pel·lícula, *La distancia más larga* (2013). Aquell film narrava el periple d'una dona que, marcada per una malaltia terminal, tancava tots els cercles de la seva vida i mostrava la seva llibertat fins al final. La Martina, així es deia el personatge, viatjava a la Gran Sabana veneçolana per acabar allà els seus dies, però es trobava amb situacions inesperades. El paper que vaig interpretar era el d'una dona valenta amb una malaltia difícil que també es veia a si mateixa amb el poder d'escollir com morir dignament. El rodatge va ser molt complicat: vam desplaçar-nos a reserves indígenes, a muntanyes i a llocs gairebé inaccessibles. Però aquella experiència em va permetre gaudir del seu gran talent com a directora i ens va agermanar per sempre. Regals de la vida.

Més tard vam rodar *Las consecuencias* a València, però també en indrets de difícil accés, com La Gomera i La Palma, a les Canàries; per a mi, lluny de casa. Per descomptat! Amb la Claudia sempre és així: les coses més difícils formen part del seu ADN. Penya-segats, pobles a l'interior d'una cova... De vegades rodàvem en una illa petitíssima sense vida humana a la qual havíem de desplaçar-nos amb barcasses. El so del mar era impactant. Aquell indret era un racó abrupte i bell, solitari, ja que només hi anàvem amb l'equip imprescindible. Com sempre, la Claudia aconseguia sorprendre'm amb les dificultats per arribar al set de rodatge i com sempre acabava preguntant-li per què escollia localitzacions tan complicades, tot i ja saber-ne la resposta per endavant. «La pel·lícula ho demana», deia. I a mi sempre em venien ganes de contestar-li: «Però si ets tu qui escriu el guió!». Així és ella, valenta i talentosa.

En aquella pel·lícula, que narrava l'arribada a l'illa d'una família amb molts secrets, tenia un actor magnífic davant meu, Alfredo Castro. Xilè, sensible i exquisit. No s'embarcava per tornar amb nosaltres a l'hotel on ens esperaven els nostres còmodes llits i un sopar ben merescut. No. Ell es quedava en aquell preciós, però solitari, set de rodatge mimetitzant-se amb el personatge que interpretava. L'Alfredo, rigorós, és un dels actors i directors més reputats per la crítica del seu país.

I d'entre les moltes escenes, va arribar el moment de rodar un monòleg intens i emocionant. A qualsevol actriu li hauria fet una gran il·lusió. No va ser el meu cas.

Em vaig sentir estranyament insegura, tenia molta por d'equivocar-me i de ves a saber què més. En conseqüència, no vaig aconseguir verbalitzar el text sencer i no el recordava bé. Vam haver de fer-lo esmicolant l'actuació en petits bocins. Naturalment, a la pantalla no es nota. Semblo una bona actriu. Li he demanat a Claudia Pinto que escrigui com va viure aquells moments.

> El personatge de la Teresa l'havíem escrit especialment per a la Carme. Jo tenia la certesa que volia tornar a treballar amb ella, fins i tot abans que *Las consecuencias* fos una història. En aquell rodatge a l'Amazones, durant el qual vam donar forma a la meva primera pel·lícula, vam forjar una relació profunda i sincera que ens havíem esforçat per cuidar durant els vuit anys que separaven un rodatge de l'altre. Ara érem amigues i la meva admiració per ella com a actriu s'havia multiplicat amb el pas dels anys.
>
> Així que érem allà, a València, el 21 de maig de 2019, a punt de rodar una de les escenes més importants de la nostra segona pel·lícula juntes.
>
> La Carme és minuciosa, perfeccionista, intuïtiva, emocionalment molt poderosa, i havia aconseguit atrapar la Teresa al seu interior. Aquella mare temorosa, esquiva, torturada, estava a punt de revelar un secret que havia amagat durant més de trenta anys. La Carme estava tensa, espantada, esperant la veu que cridés «acció!» per entrar al territori de la ficció, sense imaginar que la realitat seria molt més contundent i dolorosa.
>
> Les primeres errades de la Carme amb el text no ens van disparar les alarmes. El monòleg era llarg, complex i requeria molta concentració. Però hi havia alguna cosa estranya. L'emoció de la Carme estava al lloc precís, la

seva concentració era màxima, però no aconseguia dir el text en l'ordre correcte. En canviar l'ordre de les frases s'alterava el contingut del relat, però la Carme no n'era conscient fins que jo no tallava la presa i li demanava que tornés a intentar-ho.

A poc a poc, el terror va començar a instal·lar-se en la seva mirada. Ja no era el pànic de la Teresa, sinó el de la Carme, el que capturava la càmera. Sabíem que tots els especialistes que la Carme havia visitat li havien assegurat que tot anava bé i que «aquells errors subtils» que havia comès en feines prèvies devien ser causats pel pànic escènic o la inseguretat. Però en aquell rodatge aquella tesi no encaixava, hi havia una confiança infinita entre nosaltres.

Després de moltes preses vam aconseguir acabar l'escena. Jo llegia el text en veu baixa i la Carme el repetia a càmera aportant tota l'emoció que l'escena requeria. La Teresa estava tan espantada com la Carme (o al revés), i el pànic de la realitat va quedar emmascarat per la ficció.

En acabar el rodatge del dia, la Carme em deia que encara era a temps de buscar una altra actriu per al personatge, que no volia danyar la meva pel·lícula, que ja no era una «actriu segura». Malgrat el terror que ella sentia en aquell moment, tenia prou empatia per pensar en mi i en la meva pel·lícula. És així de generosa.

Finalment vam decidir lluitar: si s'havia de repetir, es repetiria; si s'havia d'esperar, s'esperaria; però aquesta pel·lícula l'acabaríem juntes. I així va ser. Una setmana després ens vam retrobar a l'illa de La Palma per rodar l'última escena. Era un monòleg en el qual la Teresa narrava els moments previs a l'erupció d'un volcà: «El volcà avisa, i és clar que avisa... És més, crida, xiscla. Els últims que se n'adonen són els ocells, desapareixen, se'n van, ja els has vist prou...».

I així va seguir, aquesta vegada dient el text sencer i amb l'emoció precisa que requeria el personatge. Recordo que, en acabar la presa perfecta, va aplaudir-se a si mateixa alleugerida i tots emocionats la vam seguir. Va ser premonitori, tot allò. Poc temps després, el volcà de La Palma va entrar en erupció, i poc temps després va arribar el diagnòstic. Però la Carme no es rendeix i ara estem construint la nostra tercera pel·lícula juntes. Aquesta vegada, un testimoni a cor obert del seu dia a dia i sense les màscares de la ficció.

Des d'aquí dono les gràcies a la Claudia, a l'Alfredo i a tot l'equip, molts amics que es van llençar amb mi al buit. Allò va resultar ser l'avís d'un món desconegut al qual m'estava endinsant sense saber-ho.

Sobreposar-se buscant respostes

Malgrat el meu desconcert i aquells senyals tan inquietants, vaig mantenir el ritme de vida de sempre: la família, la casa, l'estudi de futures feines i el teatre. «Estrès!», cridava el món. Però jo sabia que no era allò. Malgrat tot, el pànic escènic no desapareixia. Treballava indistintament a Madrid i a Barcelona, tirant d'AVE d'una banda a l'altra i amb moltes pastilletes tranquil·litzants a sobre. Vaig seguir amb la meva vida tal com ho havia fet fins aleshores. Sobreposant-me a les meves males sensacions i dificultats.

A Madrid vaig tenir grans éssers humans al meu costat, la gran família madrilenya formada per persones que em van ajudar a transitar per aquesta etapa tan complicada i que em donaven suport permanentment, com el gran amic i mestre d'actors Juan Carlos Corazza, que em coneix millor que ningú com a actriu i de qui parlaré més endavant (m'ho anoto en un paper per no oblidar-me'n), i Carmen Durán, una magnífica psicòloga, una gran professional que m'atenia amb una intel·ligència i serenitat d'enorme eficàcia. Tots em prestaven fermament i fidelment la seva ajuda.

Recordo rodar en localitzacions on era difícil trobar cobertura i arribar amb el cotxe de producció fins on es pogués utilitzar el telèfon per parlar amb ells. La Carmen va aguantar les meves trucades d'auxili sense que mai fossin un problema per a ella. Hi ha persones que tenen la preciosa habilitat de saber posar-te davant del mirall. Així és ella. Amb la seva saviesa, calmava les meves més que pors, les que es transformaven en un gran monstre anomenat, pel que es veu, *pànic escènic*. Sempre despenjava el telèfon o em feia un forat. Me la vaig arribar a estimar molt. Culta, delicada, gens invasiva. Quina gran dona!

Malgrat tot i amb tot, no vaig deixar de buscar respostes. A Barcelona vaig començar un periple esgotador que em va fer anar a diversos metges, neuròlegs, terapeutes i especialistes de tot tipus que seguien sense veure'm res estrany. I sempre viatjava on em toqués treballar. No deixava de contactar per telèfon o visitar de manera desesperada la meva psicòloga a Madrid i el meu neuròleg a Barcelona, i tots dos sempre, sempre, em tornaven les trucades i em tranquil·litzaven. Mai podré agrair-los que em cuidessin tant malgrat tot el que m'estava passant.

Una angoixa exagerada abans de sortir a escena

El que vaig viure al cinema, amb els últims rodatges en què vaig participar, tampoc va ser una cosa aliena a altres terrenys anteriors. També va haver-hi diversos senyals. Al teatre havia d'aguantar una mena de vertigen descomunal, un desig de fugir abans de començar la funció. Mai m'havia passat. Sentia que no podia fer-ho, experimentava un neguit i una por terrorífics que desapareixien tan bon punt entrava en escena amb la primera frase fins que, gràcies a les pastilletes tranquil·litzants receptades pels especialistes, podia actuar amb normalitat, sense aquell estat histèric i aquella inseguretat. Recordo actuar a l'exquisit Teatre Akadèmia de Barcelona, dirigit per Guido Torlonia, un amic per sempre. Aquell lloc és especial per a mi. Allà sempre m'hi he sentit com a casa, també aleshores, molt abans de saber exactament què em passava.

Des que vaig conèixer en Guido me'n vaig quedar embadalida. I encara ho estic. Fins i tot el seu nom em remet a un passat gloriós d'italians cultes, com en una pel·lícula de Luchino Visconti. És un gran director, un home exquisit per educació, caràcter, talent i aspecte. És l'encarnació d'aquest món, però en el present, és a dir, «en modern». La meva primera experiència amb ell va ser amb un text magnífic, *Al galop*. Es tractava d'un monòleg sobre Diana Vreeland, que va ser editora de les revistes de moda *Harper's Bazaar* i *Vogue*. La Vreeland era una llegenda, una dona amb una força i energia increïbles, amb una gran capacitat de reinvenció davant les situacions de crisi. Precisament, un d'aquells moments era el que reflectia l'obra, amb la qual no només vaig actuar al Teatre Akadèmia, sinó que també vaig anar a la Sala Pequeña del Teatro Español de Madrid. Jo mai no havia interpretat un monòleg i estava il·lusionada, ja que el caràcter del personatge m'atreia enormement. Però també em sentia estranyament insegura.

Em va costar moltíssim aprendre'm el text. Va ser dur. Ho reconec. Mai m'hauria imaginat que m'hauria d'enfrontar a tantes dificultats per sortit indemne d'un monòleg. Per exemple, em movia sovint per l'escenari perquè el personatge i el paper ho requerien, però també aprofitava aquelles anades i vingudes per consultar el text, que tenia a la meva disposició en un faristol entre bastidors. En Guido va estar al meu costat, confiant en mi en tot moment i proporcionant-me tota l'ajuda necessària. I estic orgullosa del resultat. Va ser una experiència preciosa, tot i que mirant enrere em dic que potser, segur, allà ja hi havia la llavor del que avui és la meva vida. Probablement. Allò va ser un primer senyal, tot i que llavors era impensable. Tothom m'ajudava.

Més tard, molt més tard, un dia em va trucar en Guido i, entre bromes i intercanvis de vida, em va preguntar què m'agradaria fer en teatre. Sospesant títols i autors, vaig posar-me a parlar d'una de les meves pel·lícules preferides, *Què se n'ha fet, de Baby Jane?*, interpretada per Joan Crawford i Bette Davis sota la direcció de Robert Aldrich i basada en una novel·la de Henry Farrell. Va passar el temps i un bon dia em va citar. Em va passar un text i em va dir: «Farem *Baby Jane* en teatre». En Guido havia trobat una versió teatral d'aquella obra que recreava un intercanvi epistolar entre les dues estrelles de Hollywood durant el rodatge del film. No m'ho podia creure. Quin gran regal! Jo interpretaria a Bette Davis i Vicky Peña faria de Joan Crawford.

Malgrat tot, molts dels dies en què actuava, entrava en estats d'inseguretat estranya, de por d'equivocar-me, de por de no sabia què. Vam estrenar, vam fer les funcions sempre amb un apuntador a prop per si m'atacava alguna inquietud. Tot va sortir bé, però jo encara sentia que alguna cosa no anava bé dins meu. Em deia a mi mateixa que tanta sensibilitat potser faria créixer els personatges. Però el 2019 la por ja s'havia fet una sala d'estar al meu cos i a la meva vida. Vaig ser forta. I és clar que ho vaig ser. Aquella obra, l'última que vaig fer de teatre, va ser una de les coses més màgiques de la meva trajectòria i en Guido segueix formant part de la meva vida des de llavors.

Pendents de mi per si fallava

Mai vaig pensar que les males sensacions viscudes fent cinema es poguessin repetir al teatre. Estava entre professionals i amics, però sí, tornava l'angoixa. I jo, que sempre he sigut una actriu segura, prenia moltes precaucions just abans d'entrar en escena. Masses. Confesso que també rebia ajuda amb una discreció absoluta entre caixes, o sigui, sense que fos visible per al públic. Al teatre hi ha sempre un regidor (o regidora) amb l'objectiu que la funció transiti correctament. És el guardià de l'espectacle, la persona que ens avisa de les nostres entrades i que controla que tots els elements segueixin el procés que han de seguir. *Transitar*, aquesta paraula preciosa, era la preferida de l'actor i director teatral José Luis Gómez, un gran professional amb qui vaig treballar al Teatro Español amb l'obra *Absalón* el 1983. Crec que aquesta paraula no l'oblidaré mai. Jo avui també estic transitant per la vida a la meva manera...

Però tornem a prendre el cap del fil.

Degut a les inexplicables dificultats que m'afectaven de vegades, molt a prop de l'escenari sempre hi havia algú amb el text a la mà per si jo fallava. Per sort, mai no va caldre durant les meves intervencions. Semblava que l'escenari fos la meva cura! Tot i així, abans de sortir, el cor se m'accelerava igualment. Tant li feia que fes els exercicis de relaxació habituals per entrar en contacte amb el públic i deixar enrere les preocupacions a les quals ens sotmet el fet de viure. No n'hi havia prou. *Mentre esperava el senyal d'entrada a l'escenari per reviure el personatge, notava que allò em desbordaria. Una por aterridora s'apoderava de mi.* La regidora també centrava la seva atenció en com em sentia a dalt de l'escenari. Jo havia vist en les persones grans properes del món del teatre com els podia afectar la incertesa o la por que no els sortís una paraula de la boca quan havien de dir alguna cosa. Això són inseguretats que, encara que no ho sembli, poden sorgir de sobte per desconcertar-te i desconcentrar-te.

Però jo intuïa que el que em passava no era el mateix.

Sentir nervis a les estrenes és més o menys normal. En teatre és el primer contacte amb el públic que es disposa a respirar amb tu i el teu personatge, que es fon en el teu cos i s'apodera de la teva ment (si has fet bé els deures, és clar). El teu cor s'accelera, hi ha una tensió prèvia... Però mai hauria pensat que la por pogués ser tan poderosa, que es pogués experimentar un temor tan gran, tan enorme, enfront de les coses intangibles.

En un espectacle, del tipus que sigui, dansa, música, cinema, teatre, televisió... quan se sent la paraula «acció!» ja no hi ha temps. S'ha d'estar a punt. No es pot corregir res, ni a l'escenari ni davant de la càmera. Si hi ha un error afecta la resta de l'espectacle i, en conseqüència, tot l'equip. I, per descomptat, el pressupost. El temps perdut són diners perduts. És molta inversió. L'únic que canvia és que els actors hem d'actuar, donar la cara i fer-ho bé. És molta responsabilitat. En el meu cas, tal com em sentia, aquella responsabilitat es multiplicava.

Quan la malaltia ja havia aparegut en la meva vida i s'havia apoderat de mi, els metges encara no la veien. Que astuta! No sabíem què passava i jo vinga a prendre ansiolítics per vèncer la por... Abans d'actuar entrava en un estat de tensió inhabitual que em provocava un temor exagerat de fallar. Pujava el teló, la llum disminuïa, apareixia l'escenografia i era com si em llancés a un precipici. Si m'estavellava tot em portaria al desastre. Com si estigués en una pel·lícula de l'oest, em repetia: «Moriré amb les botes posades». Els westerns sempre m'han fascinat, però quin fart de patir... Us asseguro que no estic frivolitzant. Només intento narrar com és aquesta por aterridora que et desposseeix del teu ésser que avança, passet a passet, cap al país del no-res i sense tenir armes per derrotar-lo. Tot això ja era un avís del que vindria.

2

PER FI

ho sé

Allò que podia arribar ja estava instal·lat dins meu. Després de tants metges i especialistes, d'un patiment incomprensible i titànic, després d'un llaaaaaarg recorregut trucant a la porta de molts professionals, va arribar la indesitjable paraula que em va revelar per què em succeïa el que em succeïa: Alzheimer. Més aviat *principi d'Alzheimer*, em van dir. Però dit així tampoc va sonar més suau.

Sé que va ocórrer a l'Hospital de Sant Pau i que a la visita mèdica on tot va ser desvelat m'hi va acompanyar el meu germà petit, en Joan, el meu àngel de la guarda. Però no me'n demaneu gaires més detalls... Com que no recordo quasi res d'aquell dia, li he demanat al meu germà que relati com van ser aquells moments.

> Des del 2015, més o menys, la Carme va començar a notar de manera massa evident problemes de memòria que afectaven en major o menor grau la seva vida quotidiana

i, naturalment, la seva professió. Va acudir a diversos metges i cap a l'any 2017 va visitar neuròlegs que van analitzar la seva situació, que s'estenia, per exemple, a dificultats amb el son. Vaig acompanyar-la a una d'aquelles visites i el neuròleg, malgrat reconèixer problemes de memòria, va atribuir-los a l'estrès i va tranquil·litzar-la. Sembla ser que els símptomes d'aquell moment no permetien arribar a cap altre diagnòstic.

En un text escrit per ella l'octubre de 2017, la Carme deia: «Em desperto i no recordo on soc, ni quin dia és, ni què vaig fer ahir... He de reconstruir-ho tot i pensar. A la nit m'oblido dels petits rituals. Avui em desperto i sé que em vaig adormir amb el mòbil dins al llit escoltant una sessió de meditació. Però el mòbil és a la tauleta de nit, on li correspon. Reconstruir què he fet durant la nit em resulta difícil. Vaig estudiar? Vaig mirar la televisió? Quin programa? A quina hora vaig ficar-me al llit? Intento reconstruir-ho, però no puc».

L'inconvenient més gran és que moltes d'aquestes coses que li passaven no se'n recordava d'explicar-les al metge, i els tests que utilitzaven els neuròlegs per detectar aquestes situacions encara no proporcionaven uns resultats prou concloents.

Però els problemes seguien i s'anaven agreujant. A través dels seus amics, va arribar a posar-se en contacte amb una de les autoritats més destacades del tema, el neuròleg que aleshores dirigia el Servei de Neurologia de l'Hospital de la Santa Creu i Sant Pau de Barcelona, i allà la van derivar a una doctora de la Unitat de Memòria del centre hospitalari. El juliol de 2019, vam anar a la visita d'aquella especialista per tal que ens donessin el resultat de l'exploració neuropsicològica que la Carme s'havia fet un mes abans.

Vaig acompanyar-la en aquella visita. Era a la tarda, en un moment en què les sales de consultes externes de l'hospital eren buides i aquells espais enormes, tan freds, reforçaven la sensació de desgràcia. Va ser aleshores quan la doctora li va comunicar que, segons els resultats del test, el diagnòstic era d'Alzheimer en fase inicial. La Carme, que ja estava en una situació de desànim i tristesa, va encaixar-ho amb fermesa. Però també va saber que es confirmaven els seus pitjors temors i va tenir una idea clara del que allò significava per a ella, la seva professió, les seves relacions... Per a tota la seva vida.

Segons la doctora, la malaltia afectava en aquell moment només un tipus de memòria, però com que és una malaltia degenerativa, quan arribés a fases més avançades afectaria la parla i la mobilitat. El ritme de deteriorament que es podia esperar era incert, però va afirmar que podia romandre al voltant de cinc anys en aquella fase inicial. No hi ha cap medicament que freni o reverteixi el procés degeneratiu de la malaltia, però va assegurar-li que era imprescindible que portés hàbits saludables, com seguir una rutina d'activitat física, cognitiva i social, una dieta mediterrània, i controlar els factors de risc cardiovascular.

Vam parlar de si pagava la pena inscriure's en algun assaig clínic de l'hospital. Fer-ho suposava anar una vegada al mes fins allà perrquè li fessin proves, i també una punció lumbar al principi i una altra al final, com a mínim. L'avantatge era que podrien fer-li un seguiment de més a prop i que estarien més a sobre de la seva evolució. Si el medicament que et subministren no et prova, evidentment, deixen de donar-te'l. També pot ser un placebo. En qualsevol cas, en aquell moment no hi havia estudis en marxa per a pacients d'Alzheimer en fases inicials de la malaltia. Més endavant, en visites posteriors, la mateixa doctora li va desaconsellar que s'inscrigués en aquells estudis. El motiu era la situació semidepressiva que la Carme estava patint.

El cop va ser demolidor. De totes maneres, abans de tornar a casa vam anar a *celebrar-ho* prenent una cervesa en una d'aquelles places de Gràcia tan plenes de gent. A celebrar què?, us deveu preguntar. Doncs a brindar per saber, per fi, què era el que li passava, per molt desagradable que fos la notícia. Ja podia tancar un llarg període d'incertesa, pors, inseguretats, incomprensió... Era un sentiment d'alleugeriment perquè el que li passava des de feia temps sí que tenia un nom, estava identificat, sabia contra què lluitar. Malgrat ser molt conscient que la lluita seria molt desigual i que tots sabíem qui acabaria guanyant.

I així, tal com relata en Joan, va començar la marxa enrere de la meva vida. En llegir-ho no puc evitar intentar rememorar-ho. El meu germà ho ha descrit tan bé que he sigut capaç de veure amb els meus propis ulls la pel·lícula que va suposar aquell dia, com si estigués ja en aquella llunyana consulta l'ambient de la qual presagiava el pitjor. Les atmosferes em superen. Sé que la doctora va ser amable. M'imagino que els especialistes hi deuen estar tan acostumats que donar notícies com la meva forma part de la seva rutina. Llegint el text, el cor no se m'accelera. El meu cos segueix estant tranquil. Només sento una enorme sorpresa per les dates tan primerenques del meu diagnòstic. Així funciona aquesta malaltia...

Tal com comenta en Joan, la primera sensació que evoco sobre el diagnòstic va ser de descans. El que em passava em passava de veritat. No eren imaginacions meves! Havia quedat al descobert que tot allò que em succeïa no eren idees descabellades o moments de desconcentració. En aquella consulta, tot es va mostrar amb un nom terrorífic.

I la meva vida es va paralitzar

Després d'aquell aparent alleugeriment, de seguida va arribar l'inevitable: el plor i el cruixir de dents. No recordo si vaig plorar o si directament em vaig espantar i què em va passar pel cap. Ja més calmada, crec que vaig trucar al Josep Maria, el meu altre germà, a la meva psicòloga i a Juan Carlos Corazza, a qui vaig enganxar a l'aeroport de Madrid fent cua a punt de volar cap a Itàlia per impartir un dels seus cursos. Això és el que recorda ell. Jo només sé que el meu amic va despenjar el telèfon.

Després de l'ensurt, vaig descansar. Vull dir... Em vaig horroritzar. Però per fi tenia un diagnòstic que avalava el que em passava. No estava boja. Tot i que pensava que ho acabaria estant si vivia per veure-ho o, més ben dit, per no veure-ho. *El que em passava tenia un nom i vaig sentir que aquell nom em portaria inevitablement cap al nores.* Amb el diagnòstic es va paralitzar completament la meva estimada vida professional i l'Alzheimer es va apoderar de la meva existència. Em va allunyar dels escenaris i dels rodatges cruelment, com si hagués passat un cicló. Poder posar nom al que em succeïa va ser un consol. Però era un nom aterridor. Perquè saps el que t'espera. Vaig tenir una bona amiga més gran que va patir aquesta malaltia —ella va tenir demència— i sé quin és el procés. Penses: «Vaig cap allà».

L'Alzheimer espanta molt, fa moltíssima por. Et sents desbordada per tot el que saps (o t'imagines) que t'espera. Aquells moments en què vaig haver d'acceptar la situació, assimilar que pateixo una malaltia que no té cura i que no té marxa enrere, i que viurà amb mi engolint cada dia una mica del meu cervell van ser, per a mi, els més difícils. Vaig plorar molt i segueixo plorant, tot i que no tant. Ara ja és com una manera de desfogar-me que sé que em va bé. Gairebé ho celebro! Treure llàgrimes cap a fora és com arrencar les males herbes per després seguir. Suposo que algun medicament d'entre els que prenia i prenc és precisament per pal·liar aquests efectes, la inevitable muntanya russa emocional de la qual de vegades resulta tan difícil baixar.

Mai no he volgut deixar de ser actriu. M'he vist obligada a deixar de ser-ho. La meva estimada vida professional es va paralitzar bruscament. Sempre havia cregut que acabaria representant ancianes dalt dels escenaris. Però no decidim sobre les nostres vides. Aquells moments, quan encara no havia sigut diagnosticada d'Alzheimer, van ser tan durs que sentia que el llaç que m'unia a la meva professió era tan inestable com la corda fluixa d'un equilibrista. En el meu cas tampoc hi havia elecció possible. Així que ho vaig acceptar, sí o sí. Ara ja no trobo a faltar la meva professió.

Ara sé que l'Alzheimer actua a poc a poquet, sense deixar-se veure. De síl·laba en síl·laba, exercita la seva estratègia. Alzheimer, Al-zhei-mer, Al-zhei-mer, Al-zhei-mer... *Heil, Hitler!* (em permeto fer broma, malgrat tot).

Constato que durant els primers anys l'Alzheimer va molt lent. Però també arriba el moment en què et vas acostant a l'abisme i de mica en mica hi vas lliscant. Crec que estic arribant a aquest punt o potser ja hi soc. I sé que, gairebé sense notar-ho, entraré en una nova fase que seguirà a una altra fins que l'Al m'hagi engolit del tot. El problema és que, si el meu cos es resisteix, pot ser que no sigui la fi. Ningú voldria posar-se al meu lloc o en el de tants i tantes que estan igual que jo. M'ha tocat! Mentre ho explico, intento no inundar de nou casa meva de llàgrimes, no sigui que en un descuit ho arrasin tot i m'arrosseguin cap a l'exterior ara que encara no m'ha arribat l'hora.

Després d'una inevitable etapa d'acceptació li dic Al. El meu amic Al. Em sembla més pràctic parlar-li com un amic que com un enemic. Al cap i a la fi, viu a casa meva. Si ho pronuncies de pressa sona com una mena de vocable militar. O com una cançó. «L'Al», en català. I així sona en castellà: «la, la, la, la», com el «La, la, la» de Massiel. Al, amb «el meu amic» del dret o del revés, però dolçament.

El meu amic Al i jo —o el que encara queda de mi— ens portem bé, com un matrimoni indissoluble. Per nosaltres, l'amor més potent ja ha passat, però les males estones i les discussions també. Ara ja som com aquelles parelles que porten tantíssims anys juntes, amics inevitables. Som un equip! Millor no conviure amb els enemics, siguin de la mena que siguin. La nostra relació ja és llarga i va començar... No tinc ni idea de quan va ser exactament. Però com que és una relació natural, es va tornant cada vegada més íntima i intensa. Així que convisc amb l'Al de manera amigable i el nostre idil·li sembla que no només durarà, sinó que serà definitiu. Estem lligats pel seu gran amor cap a les meves cèl·lules. És un amant obsessiu.

Em convé estar de bones amb ell, ja que els dos compartim casa i és de casa meva que acabarà apropiant-se. És com tenir un okupa amb mi. *L'okupa del meu cos*, quin títol més bonic. Potser el canviaria per *L'okupa de la meva vida*, *La meva vida amb un okupa* o *La meva vida amb el que l'okupa*. Com en tot, hi ha moltes possibilitats. I podeu comprovar també que sempre corro perill de perdre'm... Com que sé que l'Al té la partida guanyada, és millor que siguem molt amics mentre pugui veure'l, sentir-lo i entendre'l. Potser es compadeix de mi. Sembla que estigui parlant d'un maltractador d'aquells que no surten a la llum... Poca broma amb el meu amic. Els seus actes semblen tan innocents en comparació amb la plaga de desferres humanes que es dediquen a bolcar els seus instints més primaris en dones indefenses... Elles sí que necessiten ajuda de tot tipus. Ai de tots els que es dediquen a intentar resoldre el problema dels maltractaments, una distorsió de la societat en què vivim i silenciada en tantes ocasions. Les víctimes tenen por, és comprensible. I jo també.

Al meu amic Al no se li noten les males formes. No és sorollós i no fa mal, no et trenca el cor i no et deixa el cos adolorit ni l'autoestima a la brossa. És molt discret. Simplement et va abandonant de puntetes: un dia s'emporta una muda, un altre dia algun abric, un altre dia mitjons i així fins que l'armari es queda buit. Només amb l'estructura. Et deixa com l'amant covard i infidel que se'n va sense dir adeu. Les dones abandonades per amors covards saben bé de què parlo. També vaig passar per aquesta experiència. Tot i que, per fortuna, el temps tot ho esborra i ara l'Al assestarà el cop final. Serà la rematada. En el meu cas, disposo de cert avantatge, ja que aquell abandonament ja està oblidat i perdonat des de fa molts anys. La rancúnia no és bona, cal treure-se-la de sobre i enviar-la a pastar fang. I, al final, quina importància té? El meu amic Al engolirà qualsevol rastre de desferres.

Però tinc una família.

Una família que, com totes, ha superat moments molt difícils. Estem entrenats. Sempre units. Molts ja no hi són, però segueixen estant com a exemple i memòria, i continuaran vivint al nostre cor. També romanen aquí, perquè la vida porta tragèdies que es repeteixen, tot i que en diferent format. Viure és això! Aprendre de l'après i aplicar-ho al que succeeix. Si és que has pogut aprendre, és clar... Perquè no sempre es pot. I no tothom vol fer-ho.

Mentre escric, tinc la meva gosseta Niva al costat. Està inquieta pels sanglots que no puc contenir, vol consolar-me i no sap com fer-ho. Jo li explico coses i ella m'escolta amb molta atenció. Amb ganes de calmar-me, m'intenta llepar la cara perquè se m'ha escapat alguna llàgrima. És la seva manera de dir «t'estimo». Per cert, una expressió que no es porta gaire i que s'hauria de recuperar, començant per una servidora. Per què ens costa tant mostrar els sentiments? Jo els bolcava a l'escenari. Aviat llegiré a la Niva tot el que he escrit en veu alta, a veure com sona. No, no estic boja... Encara. I sé que ella, segons com li parli, reacciona d'una manera o altra. Està acostumada a escoltar la meva veu... És el meu públic! Representa el públic al qual he hagut de renunciar.

Així és com enfoco el meu dia a dia amb el meu amic Al. M'adono que faig com aquestes persones que parlen en plural i que mai he suportat.

> «A veure com estem avui...».
> «Hem d'escriure unes línies...».
> «Farem això i allò altre...».
> «Ara deixa'ns un moment tranquils».

I, no obstant, tot el que explico aquí és veritat. Són regals de la meva fugissera memòria i dels diaris que he escrit al llarg de molts anys. Tot això que narro com un conte, és a dir, amb una certa lleugeresa, ho faig per no ofegar-me en les meves llàgrimes, perquè sempre volen ser elles les protagonistes. M'obligo a fer aquests aclariments, perquè com que el text que estic escrivint no segueix les estructures habituals, algun murri podria atribuir-ho al meu company de vida. No és així. És a dir, no soc un enganyifa. *Sí. Tinc Alzheimer. Però encara soc plenament conscient del que faig i de com ho faig.* I començo a agafar-li el gust a tot plegat.

Demano disculpes si em repeteixo, encara que espero que algú ho corregeixi.

3

Us ho explico

A TOTS

Abans d'explicar per què em vaig decidir a fer pública la meva malaltia i d'intentar recrear aquest moment, he de centrar-me en un dels meus grans objectius vitals: la cerca de la veritat no només dalt de l'escenari, sinó també en la vida. Un tema en què hi té molt a veure una persona essencial per a mi.

«Sempre has treballat molt per ser sincera, per treure màscares, per ser veritable dalt de l'escenari. Sempre busques la veritat també en la vida. I sé que tu saps que és així».

Són paraules del meu gran amic Juan Carlos Corazza. En aquests moments, mentre escric, el meu jo, el que m'abandona de puntetes, em recorda que, per a ell, explicar-ho és ser sincera amb el dolor. «També és un acte de sinceritat amb el públic amb el qual has compartit tants moments», em va dir. Atrevir-me a fer-ho públic en comptes d'ocultar-me és una conseqüència d'aquesta cerca de la veritat que sempre he perseguit com a actriu. Potser té raó o potser és tot una ostentació del meu «jo actriu». I també potser fer-ho públic impacta, ajuda o acompanya i, en conseqüència, convida a altres a empoderar-se, a buscar en el nostre interior.

En Juan Carlos Corazza sempre hi he trobat no només un amic fidel, sinó algú d'una qualitat humana excepcional, un gran mestre de la vida i també de l'art de la interpretació. Ell i Betina Waissman, la seva dona i magnífica companya de viatge, tenen una escola a Madrid on fan una labor admirable de conscienciació sobre què és ser intèrpret, sobre el compromís de l'actor amb la seva feina i el deure que tenim amb el públic. Per la seva escola han passat grans noms del nostre cinema. No els anomeno perquè no he demanat permís per fer-ho, però us quedaríeu sorpresos. A més de dirigir, en Juan Carlos també es dedica a entrenar un grup selecte d'actors per a les pel·lícules que han de rodar. Gaudeixo de la seva amistat des de temps immemorials. Els meus, dic. La presència dels dos deixa un rastre d'amor, com si haguessin passat dos àngels. Ells saben com me'ls estimo.

Quan en Juan Carlos va arribar a Espanya des de la seva Argentina natal, va venir precedit pel qui també va ser el seu mestre i mentor, Carlos Gandolfo, a qui jo havia conegut a Barcelona en un curs per a actors. L'escola argentina m'interessava enormement, perquè profunditza molt en la relació de l'actor amb el personatge, en el fet de regalar des de la teva pròpia vivència què significa experimentar l'actuació. Per a aquesta escola no només es tracta de recrear-lo d'una manera més o menys convincent, sinó de penetrar-lo perquè visqui en tu. Naturalment sent sempre dos... Tu i el personatge.

Malgrat tot el que vaig aprendre durant la meva etapa de formació com a actriu, jo sempre notava una carència interna, sentia que volia actuar més i desitjava fer-ho d'una manera més personal i profunda. Més tard, el 1984, treballaria amb en Gandolfo per a una producció exprés a Madrid, *La gata sobre el tejado de zinc caliente*. Allí hi havia Eusebio Poncela, Julieta Serrano, Marisa Paredes, Francisco Hernández... Em van cridar per substituir la protagonista, amb molt poc temps per preparar-me, perquè l'actriu va fallar per un tema personal abans de l'estrena. L'Eusebio i jo érem en Brick i la Margaret, els papers principals. Va ser tot al·lucinant.

Aquella feina va ser com llançar-me a l'abisme, tot i que sabia que estava en bones mans i ho vaig fer. Sé que me n'he anat una mica del tema, però mencionar en Gandolfo em fa pensar en la representació d'aquesta obra de Tennessee Williams. La confiança que tenia en Gandolfo, que ja em coneixia una mica, i l'amistat i l'admiració per la feina de l'Eusebio, la Julieta i la Marisa, em van impulsar a llançar-me a la piscina. Era excitant tenir l'oportunitat d'acceptar aquell repte. Bogeries de l'ofici. I, òbviament, en aquell moment de la meva vida, la meva capacitat mental per interpretar no suposava cap barrera.

El 1994 vaig tenir l'oportunitat de tenir en Juan Carlos com a director d'una peça teatral d'August Strindberg, *Acreedores*, estrenada a Barcelona i amb la qual vam anar de gira per diverses ciutats espanyoles. Va ser una experiència inoblidable i tinc el pressentiment que el meu amic Al se'n desferà. Encara que no va ser fàcil, aquella feina ens va agermanar per sempre. Cosa que, en el meu cas, serà fins que jo deixi de ser jo. No hi ha cap actor com cal que no intenti passar per les seves sàvies mans i tots els que podem accedir a preparar els nostres personatges amb ell ens sentim agraïts per la seva humanitat, talent i coneixements. Sempre que pot escapar-se, encara que per aconseguir-ho hagi de fer miracles, en Juan Carlos s'acosta a Barcelona a visitar-me, a regalar-me el seu talent i a contagiar-me amb la seva profunda bondat. Crec que la saviesa i la màgica presència d'en Juan Carlos és beneficiosa per a mi i m'ajudarà a enfrontar-me a les situacions que el destí em té preparades. Ja ho ha fet fins ara.

El repte d'estar enfront d'una escena desconeguda

Em dic a mi mateixa que potser he aconseguit trobar la veritat a dalt de l'escenari. A la vida m'he contingut més. Quan interpretes un personatge, en la ficció, ets lliure. El personatge t'embolcalla i, de vegades, puc ser més jo mateixa que a la vida real. Puc ser més audaç. Però sí, és cert que he sigut valenta. He fet molts salts al buit i em sento tranquil·la pel que fa a això. També sé que el meu amic Al m'arriba en un moment de maduresa en què després de moltes reflexions, pors i prejudicis decideixo, com diu en Juan Carlos, «ser veritable», mostrar la meva essència i fer-ho públic. Però hauria estat incapaç de fer-ho si no hagués tingut el suport de la meva família, que interpreta un paper fonamental. Cadascú, des d'on pot o sap, em fa costat, i això és el que més m'enforteix.

La meva ambició artística ha sigut sempre la de trencar, no ocultar els meus sentiments, sinó revelar-los, però sempre intentant aconseguir la millor manera perquè arribin al públic o a la nostra societat. Quan tens una feina amb perspectiva pots estudiar-la tu sola a casa, però no es tracta només d'estudiar el text, sinó d'interpretar-lo aprofundint-hi, implicant-t'hi emocionalment per buscar els secrets amagats del personatge. De vegades sento la necessitat de buscar aquestes mateixes estratègies per interpretar-me a mi mateixa i no deixar que el meu amic Al s'apoderi de mi amb tanta força. Em trobo a l'escenari de la vida amb una escena desconeguda que ni l'actriu protagonista s'ha estudiat. Immersa en el conflicte que suposava revelar o no aquest secret que ja tots sabeu, vaig decidir deixar-me veure.

Ser o no ser.

Jo vaig escollir *ser* amb la meva família al costat. No hem d'ocultar els nostres sentiments més profunds per por de les reaccions dels altres. No hem d'amagar-los per temor que ens victimitzin o ens abandonin. Així va arribar aquell moment del Brain Film Fest de Barcelona, 2022, celebrat al març. D'aquell any, sí. Ara no miro el calendari, tampoc em cal per al que vull explicar.

Un moment d'una enorme solidaritat

L'actriu Silvia Marsó em va posar en contacte amb el Brain Film Fest de Barcelona, un certamen internacional de cinema dedicat al cervell —quina ironia— organitzat per la Fundació Pasqual Maragall. Els vam traslladar la proposta de fer públic el drama que jo estava vivint. Allò va desencadenar tota la resta. Va ser molt difícil prendre la decisió. Quan la Fundació Pasqual Maragall em va convidar a fer-ho, m'ho vaig pensar molt. Exposar-de a la mirada aliena revelant la teva situació no té marxa enrere, però sempre li agrairé aquest contacte que m'ha portat avui fins aquí. Vaig dubtar perquè l'anonimat et protegeix. Donar la cara no saps on et portarà. Que t'assenyalin, que et reconeguin pel carrer i et preguntin com estàs... Vaig valorar molt tot el que m'esperaria, com per exemple la compassió que rebria, la desaparició de molts que s'allunyarien de mi, els que s'acostarien de nou...

Després de comentar-ho amb la meva família i altres persones properes vaig saber que no m'espantava aquella escena desconeguda i que seria útil donar visibilitat al que significa aquesta malaltia, una afecció que sempre es manté en secret i que de vegades no és tan fàcil de detectar. Donar la cara no només m'ajudaria a mi. També podria aportar una mica més de reconeixement a les persones que es dediquen a cuidar dels seus éssers estimats amb Alzheimer.

Em costa rememorar amb detall aquell moment de tanta solidaritat. Vaig pujar a l'escenari i vaig entonar el meu discurs després de rebre el Premi Especial Jordi Solé Tura. Vaig dir: «Aquesta és una malaltia que deixa sense ésser a qui la pateix... Una malaltia encara sense remei, sense cura... Una malaltia que es converteix en una llarga agonia... Que a poc a poc es menja el cervell escollit fins a deixar-lo buit. Al principi, costa reconèixer la malaltia, no hi ha senyals externs contundents, però de mica en mica la persona es troba cada dia en situacions més difícils i desconegudes, sobretot si la seva professió és la d'actriu».

Segueixo pensant el mateix. El que sí que recordo és la sensació de llibertat amb mi mateixa després d'albergar tants dubtes entre callar i donar veu al que em passa, i també des del que queda del meu jo d'avui, que encara és bastant. M'he adonat que l'enorme impacte públic del meu secret també pot haver sigut beneficiós per a tantes i tantes famílies que viuen i pateixen atrapades pel seu amic Al, persones que assisteixen impotents al deteriorament que provoca aquesta malaltia. *Sí, de vegades s'ha de parlar del que queda amagat en la intimitat, obrir-se i, fins i tot, honrar-ho.* Que se'n parli, que no es quedi tancat en el dolor de les famílies, perquè, al final, elles són les que porten el pes més dur i difícil de suportar.

El gran èxit de la meva vida personal

Furgant en algunes entrevistes, em llegeixo a mi mateixa per recordar-me. En una ho vaig dir i ho mantinc. Anunciar que tinc Alzheimer, valgui la paradoxa, ha sigut el gran èxit de la meva vida personal. Em sento feliç per la carrera professional que he tingut. No en tinc cap queixa. Però això ha sigut, a més d'inesperat i dolorós, un èxit estrany. M'imaginava que dient-ho per fi podria ajudar les persones afectades que tinguessin l'ocasió d'escoltar-me i a mi mateixa.

No va ser fàcil mostrar-me com a tal davant de tota l'opinió pública. Vaig estar-hi donant moltes voltes. Aquesta malaltia queda molt amagada en l'entorn familiar. No s'explica amb tanta facilitat com quan es pateix una altra afecció, tret que la persona sigui algú molt proper. L'Alzheimer sol quedar-se en un àmbit molt íntim.

Després de parlar i tractar amb altres malalts, famílies i professionals, t'assabentes millor de tot el procés i sí, hi ha molta gent que el pateix. Llegeixo que, a Espanya, cada any se'n diagnostiquen uns quaranta mil casos nous, segons la Societat Espanyola de Neurologia. Però també s'hi ha de sumar que vuit de cada deu casos d'Alzheimer lleus estan sense detectar. Això és molta gent, moltíssima, a la qual s'ha d'afegir el patiment del seu entorn. N'hem de prendre consciència.

Quan vaig pensar a fer-ho públic vaig consultar-ho abans amb la meva família, sobretot amb els meus germans, i em van dir que fes el que jo considerés perquè sempre em donarien suport. Tots hi vam estar d'acord. Crec que el meu testimoni és una manera de normalitzar la malaltia, tot i que s'ha de respectar el dret de cada persona a decidir si vol fer públic el seu diagnòstic. En el meu cas, enfrontar-me al repte de fer-ho públic va ser com obrir les finestres per deixar que entrés l'aire fresc i sortir al carrer amb el cap ben alt.

Sanador per a mi i una ajuda per als altres

Avui crec que va ser una decisió bona i útil. No he deixat de parlar del tema de manera pública, de fer entrevistes... No he parat! Tot i que l'Alzheimer m'ha tancat a casa, també m'ha fet ser més creativa. Una creativa despistada. Durant aquests mesos estic en boca de tothom i he rebut molt d'afecte. És molt reconfortant veure que aquest públic que t'ha aplaudit al teatre o t'ha seguit al cinema i a la televisió ara també et segueix brindant aquest reconeixement. Estic molt agraïda a tothom, coneguts i desconeguts. Això de donar les gràcies ja ho feia abans per qualsevol cosa, però és que ara em sento encara més en deute perquè el meu amic Al em fa més vulnerable.

En fer-ho públic, també em vaig adonar que com a actriu encara tinc eines útils per poder donar la cara en un escenari o on sigui. Vaig veure clar que seria sanador per a mi i una gran oportunitat per visibilitzar la malaltia que pateixen tantíssimes persones sense que hi hagi un remei curatiu. Sé que aquesta malaltia et porta a un pou de foscor i que acaba caient amb tot el pes sobre les famílies afectades sense esperança, per ara.

Avui estic contenta d'haver sortit a aquesta altra escena. Molta gent m'ha donat les gràcies. No ha sigut endebades. Sempre estic disponible per a qualsevol acció que ajudi a comprendre com ens sentim els que la patim. Sobretot, quan encara som conscients de cap a on ens porta. No penso parar fins que el meu amic Al es quedi amb mi per sempre. Espero no donar-li mai aquesta oportunitat. Hi arribarem, perquè a partir d'aquell instant ja no voldré estar amb ell, encara que pugui tenir llampecs de reconeixement i lucidesa de l'entorn on em trobi i dels rostres que m'acompanyin. Jo l'abandonaré abans. Fins ara encara tinc recursos com a actriu i puc semblar molt normal, i crec que molta gent no ho sospitaria. A més a més, tinc l'habilitat de salvar les situacions quan fico la pota.

La meva última pel·lícula: *Aquí, ahora*

Abans d'aquell moment al Brain Film Fest, me'n vaig anar a València un cap de setmana per explicar personalment a Claudia Pinto i a la seva família el que em passava. Ens van recollir a mi i al meu fill Nico, ens van portar a un lloc deliciós al camp, i allà va ser on els ho vaig explicar. Quan vaig acabar el meu discurset —una narració dramàtica i emocionant—, tots ens vam quedar en silenci. La Claudia es va posar dreta, amb una enorme força interior que mai oblidaré, i va marxar per aparèixer al cap d'un moment amb una càmera. Em va preguntar: «Ho filmem? Deixem un rastre de tot això?». I jo vaig dir: «Sí!». Així va començar la pel·lícula documental sobre la meva convivència amb el meu amic Al. La meva última pel·lícula, *Aquí, ahora*. En una piscina amb nens, riures, vida en plena potència. Pura vida! Em recordo observant al meu voltant i notant a la pell la felicitat del que és viure tranquil·la en aquell moment, en aquell instant, amb la protecció intel·ligent dels qui jo anomeno la meva família valenciana. Era com estar plenament viva. Sabia que allí i aleshores començava la meva última feina.

I encara la seguim filmant. Quan ella ho considera necessari, ho deixa tot i m'acompanya amb una càmera i un equip de dones esplèndid. I subratllo això de dones perquè a les tècniques els ha resultat molt complicat introduir-se al terreny cinematogràfic. S'ha de tenir talent, però també s'ha d'estar forta per portar a coll el pes de les càmeres.

La Claudia em va donar una meta. Per a mi, fer aquesta pel·lícula amb ella és tenir un objectiu a la vida. Quan li dic «vine», ella ho deixa tot. És magnífica. Com que tot va començar amb la seva última pel·lícula, la Claudia conserva els fragments del rodatge on jo no podia parlar. A més a més, té el meu permís per ser ella qui decideixi, juntament amb la meva família, posar-hi punt final. Sé que ella no deixarà que em mostri davant de la càmera de qualsevol manera. *Aquí, ahora* és un pacte d'amor i d'amistat, un procés creatiu compartit i a cor obert. El millor és que ens convida a viure el present. És una pel·lícula sense «tallem» ni «acció». El meu últim exercici sobre les taules que tant m'ha motivat durant aquest temps.

El més difícil va ser fer el pas i atrevir-s'hi, perquè només el fet d'estar davant de la càmera i mostrar-me és una manera de mantenir-me activa i donar ales a allò que tant m'estimo, la meva professió. Ha sigut un encert donar-me veu a mi mateixa, despullar-me totalment i despullar tots els prejudicis sobre la malaltia. Tant de bo que aquesta mena de documental algun dia pugui ajudar algú. Potser en un futur pot ser útil a la ciència o a les famílies per donar-los veu i aconseguir més visibilitat. Tant de bo sigui possible erradicar d'una vegada per totes la tragèdia que vivim sense esperança de recuperació i sense oblidar (amb tota l'extensió de la paraula) les famílies que la pateixen. A mi ja m'ajuda el sol fet d'estar davant de la càmera i mostrar-ho. I haver escrit aquest llibre explicant una cosa tan difícilment comprensible com és aquesta malaltia tan estranya. Em sembla indispensable poder deixar un testimoni d'això, dir com és patir-ho ara, en aquest moment, per a les pròximes generacions.

M'he passat tota la vida professional buscant la veritat del personatge. Com podia no ser fidel a la societat per seguir sent sincera divulgant i ajudant a comprendre una malaltia que sol quedar-se en la intimitat familiar i de la qual se sap tan poc... Hi ha molts prejudicis al voltant de l'Alzheimer. Persisteix l'estigma d'aquesta malaltia en la ment d'algunes persones i cal certa tolerància. Crec que s'ha de respectar la individualitat, la dignitat del malalt, amb tot el que implica aquesta afecció i els seus drets.

Amb el suport dels meus ho vaig fer públic i seguiré practicant aquesta mena d'activisme fins que la ment em deixi. No me n'he penedit en cap moment i em sento més lliure que mai. Ah, i no em molesta si algú pel carrer em para per parlar-ne. Al contrari. Feina feta amb èxit! Si no, com podria estar escrivint sobre aquest procés i donant visibilitat al que és invisible? També confesso que si em trobés ara mateix amb algú en la mateixa situació que jo no sabria què dir-li. Estaria bé tenir un company de viatge amb qui compartir les nostres vivències del dia a dia i escoltar què sent sabent que en algun moment deixarà de ser ell mateix. Com vol seguir? Com es veu? Com passa el temps?

Fanàtica de la veritat

Sé que l'Alzheimer m'ha fet una mala passada, però m'hi porto bé. Això em permet una certa distància i al mateix temps comptar amb una enorme experiència. Si a tot el que estic vivint ara hi afegeixo tot el que ja portava après, em surt una suma molt potent. És més, mentre vaig desaprenent continuo aprenent molt de mi mateixa i dels altres. Recordo que de petita vaig fer una cosa que va causar un cert sotrac familiar. Em sap greu, no sé gaire bé de què es tractava. Segurament va ser alguna disputa amb una nena de l'escola. En tot cas, vaig mentir i em vaig ficar en un bon embolic. Però sí que recordo la lliçó del senyor Josep Elias. Es resumeix en una frase: «No s'ha d'amagar mai el cap sota l'ala». Ho rememoro entre les tenebres, però aquella frase se'm va quedar clavada per sempre. Aquestes paraules del meu pare, que formen part de la meva memòria llunyana, sempre m'han acompanyat.

La meva obsessió amb la veritat en la vida i dalt de l'escenari no és res de nou. Soc una fanàtica de la veritat. Massa. Sé que pot causar molt de dolor, però hem de saber gestionar-la. Sempre prefereixo la veritat, per molt dura que sigui. He patit, i molt, algun cop que m'han amagat alguna cosa important... Potser d'això deriva el motiu de treure a la llum el meu amic Al o donar-li visibilitat. Primer, revelant-lo, i després deixant-ne un testimoni escrit. Que curiós el vaivé d'una memòria que a voltes em sembla tan precisa i d'altres tan erràtica. També la gran traïció m'està tornant ara mateix a la ment. Què seria de nosaltres, els humans, sense les traïcions que ens envolten en vida? Així som de vegades, éssers inconscients que viuen en uns llimbs inexistents.

Prefereixo la veritat sempre. L'ocultació és de covards. I us puc assegurar que n'he conegut algun, com aquell que va marxar de la meva vida sense dir ni adeu. Espero que a aquestes altures hagi après la lliçó i, si no és així, és que no ha après res. Segur que en algun moment també m'he traït, he traït altres i he sigut covarda.

Però aquesta meva memòria, que ja falla, no em fa venir aquests records al cap. Estic parlant de coses serioses, no de bajanades. Les petites mentides de vegades són imprescindibles, encara que no sigui el gènere que més m'agrada interpretar. La cerca de la veritat a l'escenari i a la vida ha sigut la meva missió. Però és clar que això no s'aprèn de qualsevol manera. S'ha de posar-hi... el que s'hi ha de posar. Bé, diguem que s'ha de posar-hi valor. Però no us preocupeu, que això també s'aprèn.

4

Als meus i a la meva

VOCACIÓ

Escriure un llibre de memòries mentre la meva s'esvaeix és arriscat. Malgrat això, sento la temptació de fer-ho. Estimo la paraula escrita. Sempre m'ha agradat i l'he assaborit com a intèrpret. Soc actriu de professió i, encara més important, de vocació. Diagnosticada com a *alzheimèrica*, res a veure amb el descobriment d'Amèrica... O sí?

Avui intento escriure. Mentre la meva memòria s'esvaeix vull anar-me acomiadant, repassar tot aquest trajecte que m'ha portat fins aquí i instal·lar-me cada dia més en l'aquí i l'ara, ja que estic en una etapa en què cada dia tinc noves sorpreses. La data que veig és correcta i està comprovada. Em diu l'ordinador que és dimecres, però sé que d'aquí a un moment em preguntaré quin dia és avui. I, com sempre, em contestaré que sempre és diumenge, cantant aquella cançó de la Gelu, per després anar corrents a consultar el calendari i adonar-me que no, que no és diumenge. He mirat el calendari tantes i tantes vegades i m'he sorprès per una cosa que sospito que ja he vist abans...

Aquells records d'infància

El meu germà gran, en Josep Maria, tenia un any i mig quan jo vaig néixer, i ho vaig fer amb presses, però no meves, sinó de la llevadora que assistia la meva mare durant el part. Va voler acabar com més aviat millor, i la mare sempre recordava del meu naixement que la va fer córrer molt. Aquesta anècdota em va quedar gravada. Soc d'una generació d'arrels molt catalanes. La meva mestra, la senyora Maria, ens feia classes en una escola del meu carrer. Una escola que, en realitat, formava part de casa seva. Ella em va ensenyar català quan teníem el dictador Francisco Franco al poder i era obligatori fer-ho tot en castellà. La valenta senyora Maria ens feia llegir en veu alta i jo gaudia sempre que em tocava llegir per a tota la classe. Però per molt que m'encantés recitar poemes o parlar en veu alta, en aquella època no sabia que volia ser actriu.

Durant les estones que tenia lliures, l'amable senyora Maria també passava per casa meva per fer classes particulars a en Josep Maria, el meu germà gran. Per culpa de la poliomielitis que va tenir als tres anys —una terrible malaltia per a la qual en aquells temps no hi havia vacuna—, el meu germà no podia desplaçar-se per seguir el dia a dia de l'escola. La pòlio li va afectar les cames i els braços. Va sobreviure de miracle. El meu germà petit, en Joan, tenia només nou mesos. A casa meva tot girava al voltant de la malaltia d'en Josep Maria. Va ser una època dolorosa perquè, a més a més, va haver de sotmetre's a moltes operacions. Recordo intentar cridar l'atenció dels nens del barri perquè s'acostessin al portal de casa meva i que el meu germà tingués companyia. Vaig veure com deixaven en Josep Maria intern en un hospital als afores de Barcelona, la mare plorant i ell també. Confesso que jo, malgrat ser una nena, vaig desitjar ser jo qui es quedés allà. Allò em semblava millor que no pas tornar a casa. Això sí que són records massa llunyans per a mi, que sorgeixen borrosos. M'emociona pensar en ell.

En Josep Maria és el meu heroi, un exemple de fortalesa, intel·ligència i disciplina. Recordo que els meus avis van construir al forn que regentaven una petita piscina, on el meu pare s'emportava cada dia el meu germà a fer exercicis a l'aigua i a seguir amb els tractaments de rehabilitació. Perseverant com ningú, mai no l'he sentit queixar-se, i sempre que la vida m'ha posat a prova, m'ha escoltat amb paciència i m'ha aconsellat amb saviesa. Va estudiar una carrera, va aconseguir una feina important, ha format una família i té una filla meravellosa. Ara, ja retirat, sap com ocupar el seu temps, cultivar la seva intel·ligència i seguir tan serè. Tot això ho duc a dins, en la meva memòria íntima, i m'ajuda a mantenir-me ferma.

El seu exemple de vida és molt gran. Mai no l'he sentit queixar-se; mai demana, sinó que resol les coses. M'ha eixugat les llàgrimes en els moments difícils. Ell no ho sap, però quan sento que caic a l'abisme, la seva lliçó de vida m'ajuda i em dona forces per tirar endavant, i serà així com a mínim fins que la meva ment m'ho permeti.

Josep Maria, sé que no ets conscient de tot el que m'has ensenyat amb la teva actitud i la teva manera d'acceptar com de tràgica pot arribar a ser la vida.

Com vols que em queixi, jo, ara?

Escriure sobre en Josep Maria em porta inevitablement a en Joan, el meu germà petit. Un home intel·ligent i sòlid, el puntal de la família. Un gran dibuixant que no exerceix i un gran fotògraf, la seva passió actual. Perquè en Joan, economista i autor de diversos llibres, també s'ha retirat. Que ja tenim una edat... I segueix al costat de la Maribel, una companya de vida extraordinària, activa i intel·ligent que ha demostrat valor també en les situacions més difícils i les dels seus dos fills. En Joan sempre s'ha ocupat de tots nosaltres amb una generositat enorme, discreta i sincera. Jo l'anomeno «el guardià de la família». Ara s'ocupa molt especialment de mi per la tràgica malaltia que ennuvola aquesta última etapa de la meva vida.

En Joan és qui em cuida més de prop, m'acompanya a les visites mèdiques, em porta l'agenda, m'aconsella i ho fa tot amb una paciència de sant, perquè jo soc bastant pesada i manaire, però ell és molt temperat i sap frenar sense ofendre i dirigir sense manar. Com ho fa? Amb calma i sentit comú. M'inclino als seus peus. Jo soc com una màquina de sensibilitat i tossuderia. Ho reconec. Intento evitar-ho, però això, en gran part, ho dec a aquesta maleïda cerca de la perfecció que m'ha paralitzat en tantes ocasions i que em persegueix fins aquí...

Passi el que passi, en Joan sempre hi és. Per al que faci falta.

I després hi ha el meu fill Nico, l'amor més gran de la meva vida, que va arribar a casa amb només tres anyets, que m'ha regalat l'experiència de l'amor sense fre, un amor incondicional, un amor per sempre; que m'ha mostrat la fortalesa en les situacions més límit i a viure la vida d'una manera tan diferent... En Nico és la persona que més m'ha ensenyat sobre l'amor, sobre què és estimar i donar. Ell és el far que il·lumina aquesta difícil etapa que estic travessant, ell em manté el cor ple d'amor.

Dit això sobre els meus, intentaré seguir amb el meu relat.

Després de la senyora Maria i d'una acadèmia on no vaig encaixar, vaig anar a les escolàpies. Se suposava que anar-hi era el més adequat per a una noia que aspirava a ser dona. Es creia que amb les monges totes rebíem la millor preparació. Malgrat que per als meus pares no fos el més barat. Sé que la meva família va fer un gran esforç perquè pogués anar a aquell centre a aprendre a resar, a llegir coses religioses i a convertir-me en una adolescent com cal. Ah, i a estudiar, és clar.

Tot i que m'ajuntava amb el grupet de les entremaliades, sempre m'he vist com una nena tímida i moderada. Ho admeto: anava de bona nena, però m'agradaven les atrevides. A les escolàpies vaig fer les meves primeres amistats femenines i em vaig endinsar en la religió catòlica. Les demandes religioses hi estaven sempre molt presents, ja que aquell lloc era també un planter de futures monges. Jo desitjava complir aquelles demandes, creia en Déu, i les escolàpies encoratjaven en nosaltres el desig de la puresa, el respecte i la contenció; ens feien aprendre a dominar els sentiments. Per descomptat, també hi havia alguna monja moderna a la qual admiràvem i altres alumnes que anaven per monges. Això últim no era el meu cas... Qui m'havia de dir que em convertiria en una actriu amb un Premi Goya, un Gaudí d'Honor i... de tot! Fins i tot que aconseguiria un Alzheimer! Qualsevol cosa per tal de cridar l'atenció.

Això em fa venir al cap una anècdota graciosa. A la meva escala hi vivia un representant de músics. En recordo alguns, però podria equivocar-me, així que deixem les estrelles al firmament i passem al relat. Jo tenia més o menys controlades les anades i vingudes d'aquell representant, i quan el sentia baixar em posava al vestíbul de casa meva i començava a cantar les cançons que em sortien bé. Les cançons d'aquests músics, sumades a les de la Gelu, Guillermina Motta, Maria del Mar Bonet, Paco Ibáñez i un llarg etcètera. Ho feia perquè aquell home, en passar per davant de casa, em sentís i em descobrís. No va arribar a passar mai, però ho vaig intentar.

El nostre petit món: proper i segur

Em vaig acostumar a tractar amb el públic des de molt petita, cosa que té a veure amb el destí familiar. El meu pare, en Josep, hauria d'haver estat forner, ja que el meu avi era l'amo del forn del nostre barri, al Clot. Es tractava del Forn Elias, un negoci pròsper i segur que, segons la tradició catalana de l'*hereu*, li tocava gestionar en el futur. Però no va ser així. L'asma el va allunyar d'un futur que va anar a parar a les mans, també entrenades, del seu germà petit. Així que em vaig quedar sense ser fornera... Tantes dècades després, el Forn Elias encara segueix actiu sota la direcció de la meva cosina Anna, amb el mateix amor per l'ofici i amb merescuts premis que ha guanyat el seu talentós fill.

Aquell lloc també va significar molt per a la meva mare. Ella vivia molt a prop del forn familiar i sembla ser que les miradetes entre l'atractiu i futur forner i ella, una jove preciosa, eren molt potents. Quan passava per davant del forn, a la Conchita el cor li feia un salt. Qui no coneix aquesta sensació! Els meus pares ja s'havien casat quan els meus avis paterns li van aconseguir al meu pare una petitíssima merceria i perfumeria al carrer Rogent. El seu destí sí que era aquell. Amb el temps, el matrimoni va convertir la botiga en un negoci fructífer, i el meu pare, voluntariós, encara col·laborava amb el forn familiar. Havíem de viure! Així que, en aquell lloc, rodejada d'olors, cintes, fils i puntes, va començar el meu tracte i entrenament amb el públic.

La merceria era diminuta i formava part de casa nostra. Els meus germans, en Josep Maria i en Joan, m'acompanyaven molt bé —i ho segueixen fent—. Els dos compartien habitació i, afortunada de mi, que soc la del mig, tenia una cambra pròpia, com diria Virginia Woolf. Recordo, a més de les habitacions, el menjador i la cuina, un preciós jardí al darrere que era el nostre espai de jocs, encara que també sortíem molt al carrer. En aquella època, jugar al carrer amb despreocupació era el més habitual al nostre barri; també era freqüent que els nuclis familiars visquessin a prop, amb algunes excepcions. Tots érem veïns i coneguts, tots ens vigilàvem i tot el que ens envoltava era nostre.

Així funcionava el nostre petit món. Era un espai proper i segur. Els dissabtes a la tarda veia amb els meus germans pel·lícules de l'oest en un bar que regentaven uns coneguts, perquè encara no teníem televisor a casa. La meva passió pel western va començar allà i segueix intacta. Terres llunyanes, vides que busquen assentament, pistolers enamorant dones fortes i atacant els indis, que, aleshores, per a nosaltres eren els dolents... Malgrat que tenen alguns missatges controvertits, encara m'agraden els clàssics i em diverteixo amb els nous.

El nostre món també s'ampliava una mica. Els diumenges i durant les vacances sortíem del barri per anar a Vilassar de Dalt, on ens quedàvem a la torre de la tieta Lola i del tiet Lluch. Ens estimaven com els fills que no van poder tenir i sé que van ser de gran ajuda per als meus pares, que treballaven sense parar a la merceria. Tampoc seria de justícia que no mencionés la tieta Pepi, una de les dues germanes de la meva mare que es va quedar viuda perquè la Guerra Civil li va arrabassar el marit. Era massa jove per morir. Allò va ser una gran tragèdia per a ella, encara que molt, molt més tard, va acceptar un matrimoni que va acabar en fracàs. Ell buscava una criada, no una esposa. Ella volia companyia i ser feliç. Quina generació més dissortada...

Mentre faig aquest difícil exercici de recordar, la ment em porta també a la casa del tiet Silvestre, germà de la meva mare, on jo anava a passar alguns dissabtes amb els meus cosins, i em porta també a la imatge d'altres nens del barri. Recordo en Manel, un noi guapo amb una història molt dura que em tenia fascinada. Per a mi, quan era adolescent, en Manel era la viva imatge de l'home ideal i, malgrat que va desaparèixer de la meva vida, no l'he oblidat. També penso en la Rosó, un nom preciós que ja no es porta i l'avi de la qual tenia una barberia al costat de la nostra botiga; o en en Xavier, que vivia davant de casa, i en molts més... Què se'n deu haver fet, de tots ells?

El valor d'una família molt unida

La família ha sigut molt poderosa al meu entorn i encara ho és. Una família magnífica i molt unida, molt a la catalana. Quan jo era petita vivíem tots al mateix barri, i allò era una mena de xarxa d'ajuda mútua: avis, tiets, cosins... Viure a prop feia que el tracte fos estret, sa i útil. Tots teníem cura de tots. A això em refereixo. Avui, malgrat la distància física, seguim mantenint un contacte permanent. Sabem què ens passa i com ha passat. I de tant en tant algun esdeveniment familiar ens reuneix. Quina família més bonica! Una família que ara observa, acompanya i cuida discretament la saba nova, els que ja estan en la plenitud de la vida i ens ensenyen a seguir evolucionant i a entendre coses sense evitar els diferents punts de vista i opinions. Que n'hi ha, és clar! Benvinguts siguin. Estem vius i som aquí per aprendre a *ser*.

Fa poc, vaig anar a una trobada familiar magistralment organitzada. Em vaig quedar asseguda durant una bona estona mirant-los a tots: germans, cosins, nebots grans i més petits... Tots reunits, plens de vida, compartint els dolços que havien preparat la meva cosina Anna i el seu fill Enric. A més, el saber fer de la meva cunyada Maribel, no només a la vida sinó també a la cuina, va acabar convertint aquella celebració en una bacanal *gourmet*. No trobo una altra paraula millor per definir aquella reunió, a part del plaer d'estar tots junts. Em cauen les llàgrimes en recordar tots els que ja no són amb nosaltres. Durant aquell moment, vaig ser feliç. Crec que tots ho vam ser. D'alguna manera, aquella festa va ser una manera de rememorar la proximitat viscuda també a la infància.

El teatre d'aficionats que va despertar els meus somnis

Prop de casa hi havia el Teatro Escuela Enrique Borrás (TEEB), un teatre d'aficionats que funcionava sota la batuta de Ramón Balcells. Un gran home, amant del gènere, que dedicava el seu temps lliure a la direcció. El senyor Balcells em va ensenyar a estar a dalt d'un escenari. El recordo amb devoció. Era l'any 1967, potser el 1965. Ens ajuntàvem un grup de persones de totes les generacions per assajar a les nits, quan tothom acabava de treballar. A la Catalunya d'aquell moment hi havia moltíssims teatres d'aficionats. Crec que va ser un miracle que els meus pares m'hi deixessin anar, perquè era molt jove i els assajos eren nocturns. Qui s'hauria imaginat que allò despertaria un gran somni dins meu!

A més, mai vaig ser bona estudiant. Sempre creia que aprovava per simpatia o per sort. Fracassar en els estudis em feia vergonya, em desesperava, i me'n protegia allunyant-me dels altres. Sentia un enorme complex d'inculta i els exàmens m'aterrien. Aquella sensació no tenia res a veure amb l'emoció que em causava actuar. Quan vaig pujar a l'escenari per primera vegada en aquell teatre d'aficionats, vaig saber que allò era el que volia fer realment. Emocionada, segura, sense complexes. Així em sentia jo. Ser actriu era l'únic que podia fer-me feliç. Els meus pares van consentir un primer pas que ja no van poder aturar mai.

El futur em semblava incert. Al principi els meus pares no m'encoratjaven l'esperit artístic. No els culpo. Sé que era per por d'un món desconegut i, segons ells, ple de perills. Ells m'observaven i em vigilaven mentre jo anava descobrint nous horitzons. En el fons van ser valents, perquè van acabar respectant els meus desitjos malgrat que en aquella època no era fàcil veure com la seva filla optava per una vida allunyada dels valors de l'època. La Carme d'aleshores es deia a si mateixa que havia de ser curosa, mantenir-se ferma i estar en guàrdia per no deixar-se arrossegar pels qui l'envoltaven. «He de viure al meu aire sense deixar-me influenciar per res ni per ningú», escrivia. Ni prejudicis ni tabús. Entenia els meus pares i les circumstàncies socials, però no m'oblidava de mi.

Una adrenalina meravellosa

En aquell grup de teatre teníem afició per l'escena, però també teníem ganes de relacionar-nos. Hi havia un noi bastant viscut, bregat amb la vida, com dic jo. Aquell noi em torbava enormement. Veure'l em feia experimentar una adrenalina meravellosa. Ell era força més gran que jo i es notava que sabia de què anava la cosa... Però no se'm va acostar per prudència. Jo era massa innocent i ell ho va respectar. Jo era de les que anava a missa els diumenges. És clar que anar a missa era més aviat un acte social, perquè a la sortida es formaven cercles, xerràvem... i així ens reuníem. La veritat és que el que m'interessava era veure aquell noi, fer-li una miradeta o dir-li un adeu imperceptible en sortir de l'església. Sempre vaig ser tremendament tímida amb els nois, sobretot si n'hi havia un que m'agradava. No sabia gestionar les emocions perquè, a més a més, tampoc no ens ensenyaven a fer-ho. L'Església tenia molta influència en les nostres vides i jo, en aquella època, resava amb convicció.

Quan ja s'acostava l'estrena, venia l'home de la censura, que ens havia de donar permís perquè l'espectacle que havíem assajat amb tant d'amor veiés la llum. Alguna vegada havíem fet petites i absurdes trampes perquè la cosa colés. Era tot tan innocent... Però també corríem riscos, com quan vam estrenar *Raíces*, una funció del dramaturg britànic Arnold Wesker que va estar a punt de no passar la censura, una censura que suprimia frases, escenes i obres íntegrament, a més d'influir en l'escenografia o el vestuari. També vam saber representar textos importants que molestaven l'ordre imposat.

Cada dia desitjava que arribés la nit per pujar dalt de l'escenari. Allà dalt em sentia feliç i poderosa. I també gràcies a aquesta afició em va sortir l'oportunitat de fer algunes coses del que avui dia és l'històric radioteatre. Crec que em van trucar des de la direcció dels estudis de Ràdio Barcelona. Tot i que no recordo com va sorgir aquella oportunitat... Va ser com tocar el cel. M'asseia al costat d'aquelles veus tan famoses i que escoltàvem a la ràdio de casa.

Es veu que ho vaig fer força bé, perquè van seguir trucant-me. En un dels meus diaris, hi trobo anotacions de l'any 1968 en les quals ressenyo proves i gravacions a Ràdio Barcelona. Tinc escrit «fabulós!» sobre una gravació, i fins i tot mostro el meu entusiasme perquè per una d'aquelles feines em van pagar cent pessetes! Es veu que al director del teatre d'aficionats no li feien gaire gràcia les meves incursions a la ràdio, encara que jo continuava compromesa amb el seu teatre *amateur*. Allà ningú no es plantejava que el que fèiem amb tanta il·lusió pogués convertir-se en una professió o que arribéssim a guanyar-nos-hi la vida, però alguna cosa dins meu em deia que sense allò no podria ser feliç.

Sartriana de per vida

Malgrat ser molt jove, sentia una enorme passió per la lectura. Llegia i llegia a totes hores. En aquella època ja em va atrapar la filosofia de Jean Paul Sartre, pare de l'existencialisme i fidel defensor de l'autonomia i la independència personal. Em vaig tornar sartriana de per vida. No sé si entenia gaire bé el significat profund del que llegia, però quan ho feia alguna cosa es movia dins meu. Els llibres de Sartre —com *L'ésser i el no-res* i altres tractats filosòfics— m'acompanyaven a tot arreu. Veia el que m'envoltava d'una altra manera, la meva mirada era diferent i em sentia desconnectada del món que em rodejava.

Recupero un quadern de 1973 ple d'anotacions. Vaig cometre un sacrilegi en plena joventut: em vaig comprar una llibreta de color groc. Als actors no els agrada el groc perquè la superstició diu que porta mala sort. Pregunta-ho a qualsevol actor com cal i et dirà el mateix. Per què? Segons la llegenda, el dramaturg francès Molière va morir a l'escenari vestit de groc. En realitat, tenia tuberculosi i en un atac de tos se li va rebentar una vena que li va tacar de sang la roba groga. Va morir dies després. De totes maneres, mal averany. No m'hauria d'haver comprat aquell diari. Curiosament, el quadern em recorda certs fets desagradables que succeïen en aquella època.

Els meus inicis amb Sartre van coincidir amb els meus inicis al món laboral. Primer vaig entrar a treballar en una entitat pública. No sé a través de qui em va arribar allò, però recordo que vaig haver de passar una prova. Em va semblar tan fàcil... No vaig tenir problemes perquè m'acceptessin. La meva tasca consistia a ajudar tothom que anava allà a omplir papers i, francament, vaig aprendre poca cosa. Després va venir la feina al banc, on treballava de recepcionista. La meva feina era ornamental, però tenia un bon sou i fins i tot hi havia estones en què podia seguir amb la meva afició a la lectura.

He volgut rescatar aquesta experiència perquè en aquells ambients comptables va ser on vaig descobrir els veritables depredadors. De prop, però en la distància. Estava acostumada que em tractessin de noia mona i sabia interpretar tan bé la innocència que no vaig passar per cap situació complicada. Sabia fer-me la beneita. Només em calia lluir el meu millor somriure i fer cara de no entendre les pretensions del cap de personal. Ja exercia de bona actriu, mentre que algunes de les meves companyes eren cridades als despatxos ocupats pel poder. Les portes sempre es tancaven i després s'encenia el llum de «no molestar». Allà, és clar, passaven coses. Aquella mena de fets em deixaven estupefacta. Jo era una nena de barri i de família senzilla. Ningú no em va explicar res, però era tan evident... Tothom callava, i jo també.

5

Una CARRERA contra tot pronòstic

Un dia, quan encara era adolescent, vaig agafar una guia telefònica de l'època —no sé si encara n'hi ha en paper— i vaig buscar on podia estudiar per ser actriu a Barcelona. I hi vaig anar. No vaig dir-ho a ningú de la família. Tenia moltes ganes de saber què passava en aquell lloc. L'Institut del Teatre va marcar un abans i un després en la meva vida. Així que vaig poder, vaig iniciar allà els meus estudis. Durant un temps vaig seguir treballant al banc als matins i, a les tardes, anava a l'Institut.

El primer curs va ser una mena de transició cap a un canvi que, afortunadament, em va tocar viure amb la nova direcció d'Hermann Bonnín, estrenada el 1971. Amb la seva entrada, el centre va passar de ser un lloc diguem-ne convencional, a transformar-se per promoure l'aprenentatge de noves tècniques teatrals. Bonnín el va revitalitzar. Fèiem moltíssima expressió corporal amb professors tan rellevants com Albert Boadella, que fundaria la companyia Els Joglars, o amb l'escenògraf i director Fabià Puigserver, més tard creador i ànima del Teatre Lliure. Feien el teatre més modern de Catalunya i em van educar. Es promovien grans coses i jo vaig viure aquell moment.

Fins i tot el meu debut al cinema va tenir a veure amb el teatre. Francesc Bellmunt preparava una pel·lícula, *La orgía* (1978), i anava proposant papers als companys de l'Institut. La meva intervenció va ser puntual, però molt graciosa. Em va tocar un paper que bàsicament consistia a arribar i despullar-se. Era l'època del *destape*, però jo era molt tímida. Mentre feia l'escena vaig passar una vergonya horrorosa. Però crec que és una de les millors. Després me'n vaig sentir orgullosa. La veritat és que no era el mateix despullar-se en una pel·lícula transgressora com aquella que acceptar altres feines a les quals vaig dir que no. Volia ser una actiu que algun dia pogués recollir un premi... Sempre he tingut molt present el sentit de l'ètica de l'actor. Ho vaig aprendre estudiant i envoltant-me de mestres que m'han marcat.

A l'Institut vaig descobrir el compromís de l'actor amb el que fa, amb el seu acte artístic, amb la societat. L'actor ha de ser un instrument de servei públic. Vaig entendre que un text no és només el que hi ha escrit, sinó tot el que hi ha darrere, el missatge que també envies políticament amb l'actuació. A l'Institut venien professors de tot el món per fer cursos, grans noms. Per a mi, aquella etapa va ser una experiència extraordinària i em vaig involucrar en espectacles de companyies de teatre experimental. Com si ho reinventéssim tot. Sé que quan ets tan jove et penses que no pares de reinventar..., però crec amb fermesa que vaig ser capaç de creuar diverses fronteres, i això em va fer obrir molt els ulls. Va ser com un despertar.

A l'Institut vaig tornar a sentir que estava on havia d'estar. Si bé és cert que em sentia una mica intimidada davant de tant universitari, intel·lectual i progre amb barba. Em tancava una mica en mi mateixa perquè no descobrissin la meva timidesa, però no en tenia cap dubte: la interpretació era el meu fort. Era el meu espai, sí, encara que també he de confessar una paradoxa, la dualitat entre el que desitjava i el que em vaig trobar: jo volia ser famosa i allà el que fèiem era teatre de denúncia, molta improvisació i treball més corporal. Vaig aprendre molt, sens dubte, però aquella gran contradicció que vaig sentir només començar em va perseguir per sempre. Necessitava trepitjar l'escenari i veure el públic.

En un escrit del 21 de juny de 1973, amb vint-i-dos anys, em deia a mi mateixa:

> He estat treballant fins ara preparant els treballs teòrics, escoltant música, estic molt bé, però SOLA, m'hi hauré d'acostumar... He viscut uns dies tan intensos preparant *Ubú rei* [obra de teatre satírica precursora del surrealisme i del teatre de l'absurd d'Alfred Jarry], que ara és com si m'hagués quedat despullada, com si hagués parit. Sembla mentida, però he arribat a gaudir tant treballant en

l'*Ubú* que ni jo m'ho acabo de creure. Ho he fet actuant i com a directora. El dia de la representació, abans-d'ahir, va ser FORMIDABLE. Crec que feia temps que no m'ho passava tan bé interpretant. Recordo que al principi totes aquelles crisis eren horribles... Ho hauria deixat, tenia tantes ganes d'anar-me'n a Eivissa per oblidar-me de tot, de la gent de l'escola... de TOT. I ara em sento tan diferent... Em sap greu anar-me'n de l'escola. Em fa por la incògnita del que faré, però no m'acovardeix com sí que em passava dies enrere.

M'he de sentir motivada per treballar perquè m'ensorro massa de pressa i al principi les coses poden semblar impossibles de superar. Desistiria... Mai no tinc ànims per continuar. Aquest és el meu punt feble i no sé com corregir-lo. Però també és evident que, a la llarga, tot s'arregla. És evident que s'ha de tenir una confiança infinita en un mateix, i que la confiança que una mateixa es brinda t'estimula i t'ajuda a fer coses. Tinc una necessitat tan gran de FER COSES... I no per dissimular la meva soledat —que existeix igualment— sinó com a mínim per pal·liar-la.

Durant els meus estudis d'art dramàtic em van sortir molts *fans*, però els que m'agradaven em feien por. M'aclaparaven. Així doncs, m'acostava als que, en teoria, no m'agradaven. A l'Institut vaig conèixer un antic alumne que treballava com a creatiu en una empresa publicitària. Venia sovint a recollir la seva xicota, una companya meva de classe. Aquell noi era divertit, simpàtic, culte i molt proper. En aquella època, m'havia instal·lat sola al centre de Barcelona, en unes golfes molt a prop de la catedral, per independitzar-me dels meus pares. Així que va passar el que havia de passar... i va acabar sent la meva parella. I no només això. Joan Potau es va convertir en el meu marit. Un gran company de vida mentre va durar la relació i també després. Sempre vam ser grans amics. Malgrat que la malaltia el va acompanyar sempre, tenia en el seu cos aquella alegria de viure, la *joie de vivre*! M'agafava la mà i em treia del pou d'intensitat que jo sempre experimentava a tots els nivells. Tot i córrer el risc de penedir-me'n, confesso que he sigut molt intensa durant tota la meva vida. Però d'en Joan i del meu amor per ell ja us en parlaré més endavant.

Els meus inicis a la televisió i a Madrid

Un dels mestres de l'Institut era Antoni Chic, realitzador de televisió que feia molts dels clàssics d'*Estudio 1*, mític programa que va estar durant molts anys en pantalla. Era un autèntic fenomen d'audiència i projecció. Hi feien obres de teatre i literàries representades per la televisió i en les quals treballaven grans noms del panorama. Les van protagonitzar actrius famoses que venien de Madrid a Barcelona i també, naturalment, les de Barcelona, com Rosa Maria Sardà, Àngels Moll... L'Antoni va veure alguna cosa en mi que altres no van veure i em va posar a prova. Vaig començar dient alguna frase com a criada, per exemple «el sopar és a taula!», i després va acabar donant-me papers protagonistes.

En aquella època encara no existia la televisió catalana, amb la qual tant treballaria en un futur. Amb l'Antoni vaig aprendre a rodar davant de tres càmeres simultàniament, vaig començar a la televisió sota el seu guiatge, i això em va fer agafar-hi experiència. Mai l'hi estaré prou agraïda. Terra, cel o infern, m'és igual, no t'he oblidat, estimat mestre. Gràcies, siguis on siguis. Sempre somric quan penso en tu. Tot i que probablement tard o d'hora t'oblidaré, ets un dels qui m'agradaria retrobar al més enllà. Quina llàstima, no crec en el més enllà i, si hi cregués, qui em garanteix que em tornarien la memòria?

En acabar l'Institut vaig entrar a la Companyia Àngel Guimerà del Teatre Nacional de Barcelona. Necessitaven noies per a una frase o dues, i em van escollir per formar part del cor de l'obra *Las troyanas* d'Eurípides. Calien joves com jo, i amb una mica de sort tenies una frase. Vaig ser una afortunada. Esteve Polls n'era el director i a poc a poc em va anar donant més protagonisme. Ell va ser el mestre d'actrius com Núria Espert, i als anys cinquanta va dirigir la primera obra en català aprovada per la censura franquista. La seva companyia va anar a Madrid, i jo també, amb la resta de les *catalanas*. Així ens deien a les que procedíem de Barcelona. Vaig llogar una habitació a Madrid i va començar un nou món per a mi. Quina època tan feliç...

Mai oblidaré les nits al bar del Teatro María Guerrero —el Mari Guerri, en dèiem—. Encara que no les recordo amb precisió, sé que baixaves les escales i et trobaves amb un bar de copes obert fins a altes hores de la matinada. S'hi reunien els grans noms després de les funcions. Hi senties anècdotes divertidíssimes ja a la segona copa, però també eres testimoni del disgust pels errors comesos. I vinga a donar voltes i voltes al que havia sortit malament a l'escenari... Els comentaris eren cada vegada més hilarants quan l'alcohol s'acumulava. Les que teníem una o dues frases ens ajuntàvem i veiem els actors famosos. Totes somiàvem ser com ells algun dia.

Al cap d'un temps, Antoni Chic, l'escriptor Terenci Moix —com a guionista— i l'actor Enric Majó em van incorporar en una sèrie que es deia *Mare i fill, societat limitada* (1980), que protagonitzaven en Majó i la divertidíssima Mary Santpere. Quan intento rememorar aquella època, sé que vaig tenir sort que creguessin en mi. El 1981, el meu paper de Marta a *Terra baixa*, amb el mateix Majó al Teatre Poliorama, va ser un gran èxit. Aquest drama rural, un clàssic del teatre català, va estar en cartell moltíssim temps, però jo menys. Va ser per voluntat pròpia. Per voluntat... i per una nova il·lusió. No m'ho van perdonar i ho entenc.

Em permeto fer un incís. Entre els papers personals que acumulo, he trobat una carta per a Terenci Moix. No l'hi vaig enviar mai.

Terenci,

Recordo vagament la gran Núria Espert i la teva adorada Sara Montiel, en una festa a casa vostra, que anaven i venien pel passadís amb una estàtua de la deessa Osiris. Recordo també que em xiuxiuejaves a l'orella: «Ja li has donat les gràcies a... per la crítica que t'ha fet?». Dedueixo que era al temible Segarra, que mai no va apostar per mi. Jo em quedava amb la boca oberta, perquè amb la meva puresa teatral, la meva ingenuïtat i timidesa (malgrat ser una dona dreta i feta), no sabia que als crítics se'ls havia de donar les gràcies. Vaig intentar-ho, vaig balbucejar no sé què després de sentir-te. De fet, als crítics, no he sabut mai donar-los les gràcies (soc tímida però, segons com, molt atrevida). El temps va esborrant els fets, només queda la certesa que t'atorga la sensació embolicada amb el paper del record, del meu record.

Recordo aquell viatge a Egipte que vam fer en Potau i jo seguint les teves indicacions. Vam saber on s'havia d'anar a prendre el te, on havíem d'anar per veure la posta de sol, el temple de... Aquells eren els teus mites i la teva mitologia. Els nostres camins es van separar. Jo vaig abandonar amb valentia i amb molt de dolor aquell vaixell ple de riqueses, *Terra baixa*, perquè em cridaven veus amb una altra textura com si fos el cant d'una sirena. Vaig deixar aquella obra d'èxit en ple èxit per *Luis y Virginia*, una pel·lícula dirigida per Jaume Chávarri, però sentia que era la meva oportunitat. Hi ha cap camí sense dolor?

En qualsevol cas, no t'escric per analitzar els encerts i els desencerts, les raons, les justificacions i els judicis de la meva vida. Però sí que escric això per certificar que aquell moment de la vida en què vam tenir tots els déus al nostre favor va ser un dels més meravellosos i significatius que he viscut. Un abans i un després.

Gràcies,

C.

En aquella època, quan em trucaven per fer teatre jo volia fer cinema. No em faltaven les ofertes de feina i em permetia dir que no. Era la reina del no. El motiu és que poques vegades les ofertes estaven a l'altura de les meves aspiracions. Em semblaven poc rellevants i envejava la posició d'altres actrius. Vaig tenir el meu primer gran èxit als trenta-dos. Em feia ràbia, perquè tot arribava massa tard i encara que tot el que em passava era un somni, hauria desitjat ser al lloc d'una altra actriu que havia aconseguit un personatge pel qual jo havia lluitat (com tantes altres) i que tindria una repercussió més gran (i així va ser). Viure-ho d'aquesta manera tenia conseqüències per a mi.

El fet de no aconseguir el que desitjava em feia sentir insegura dalt de l'escenari, malgrat les mostres d'admiració i la reacció del públic, tan positiva, amb altres feines. En realitat, em pensava que no era prou bona. Imagineu-vos-ho, tenir èxits i no gaudir-los. No eren prou per a mi. La inseguretat també es traduïa en aturades de feina i escapades a altres ciutats a la cerca de formació. I, de vegades, quan per fi arribava l'oportunitat somiada, m'agafava la por, una emoció que disfressava de mil excuses, i la gran ocasió se m'escapava de les mans.

La televisió com a trampolí

Sense oblidar-me mai del teatre, durant els meus inicis vaig tenir una gran popularitat gràcies a les intervencions televisives que vaig fer a *Estudio 1* i al fenomen de Pedro Masó que va ser *Anillos de oro* (1983). Amb guió d'Ana Diosdado, que també n'era la protagonista al costat d'Imanol Arias, aquella sèrie d'advocats es va estrenar poc després que s'aprovés la llei del divorci a Espanya. Va ser una aposta revolucionària, ja que es parlaven de temes que fins llavors eren tabú, com el divorci o l'adulteri.

No seria la primera sèrie dels anys vuitanta que va intentar innovar la televisió de l'època. Tinc un afecte especial per la també ficció d'advocats *Turno de oficio* (1985-1987), en la qual vaig treballar amb els actors Juan Luis Galiardo i Juan Echanove, dirigits pel magnífic Antonio Mercero, a qui mai no he oblidat.

En Mercero era un professional molt potent, amb un tracte divertit i proper. Treballar amb ell era una delícia. Tenia les coses molt clares, i així ho transmetia a un equip que també estava a l'altura del cap. I què puc dir d'en Galiardo... Era tot un personatge. Jo el titllava de «conquistador» i ell em deia «progre». Rèiem molt junts. Després, et trobaves a un Echanove que ens va mostrar el seu talent des del primer dia. El seu personatge era enlluernador, li va reportar molt d'èxit, i va ser com l'auguri d'una vida professional molt fructífera per a ell. I, de sobte, em veig a TVE substituint Pastora Vega, de qui més tard vaig ser gran amiga, al programa *Y, sin embargo, te quiero* (1984) i compartint amb ella moments preciosos en una sèrie d'Alfonso Ungría, *Hasta luego, cocodrilo* (1992). Quins grans records!

Sempre em va interessar estudiar i créixer com a actriu. Anar a l'arrel de tot. Hi va haver una època en què guanyava diners i, entre pel·lícula i sèrie, me n'anava a Nova York perquè hi tenia uns amics que estaven becats al Lee Strasberg Theatre and Film Institute, una de les escoles on feien classe els mestres dels grans actors que veiem al cine de Hollywood.

Agafar un avió i plantar-se a Nova York no era tan senzill com ara, però sé que aquells viatges van pagar la pena. Anava com a assistent als tallers per veure com es treballava als Estats Units. Lee Strasberg, abans de tenir la seva pròpia escola, va impulsar «el mètode» a l'Actors

Studio. Aquest mètode busca no només que investiguis sobre el paper que interpretaràs, sinó també que aprofitis les teves pròpies experiències per fer-ho, que treballis sobre tu mateixa. La implicació de l'actor és total. Sempre ho he defensat i ho he treballat al llarg de la meva trajectòria. Sempre he sigut partidària de mantenir aquest compromís.

L'oportunitat del paper que em va valdre el Goya

Guardo, encara avui dia, un record molt especial de la feina que vaig fer a la pel·lícula *Camino* (2008). Va ser molt intens i el seu director, Javier Fesser, em va acompanyar en tot moment. En Javier té una sensibilitat emocional tremenda que t'ajuda a trobar el punt que et desmunta en el moment precís. Vam fer molt bon equip i ens vam entendre molt bé, en aquell rodatge. Jo havia sigut alumna de les escolàpies i aquella experiència m'hi va ajudar molt. *Camino* em va servir, en part, a retre comptes, va ser la meva oportunitat i la vaig aprofitar. Va ser una experiència molt important. Tot era profund i era de veritat. En Fesser és un director magnífic que es mou en unes coordenades diferents. A tot li posa una forta càrrega emocional que hi ajuda molt i podia recórrer a ell quan el necessitava. Fins i tot quan em preparava per al paper, en Fesser plorava amb mi.

Sempre havia desitjat tenir un personatge tan potent. El paper que hi vaig interpretar era el d'una dona amb un enorme conflicte intern per les seves conviccions, i també per ser la mare d'una nena molt malalta a qui veritablement estimava. No va ser fàcil ficar-se en aquell paper, però en vaig gaudir. El cinema se m'ha resistit una mica més que la televisió o el teatre, on he pogut disposar de més papers. Malgrat no haver tingut gaire producció cinematogràfica, com a mínim ha sigut força exquisida. També hi he fet coses més lleugeres, però sobretot pel·lícules que he sentit més profundes, com *Camino*. La il·lusió d'estar nominada al Goya i finalment aconseguir-lo va ser meravellosa.

Els premis sempre són benvinguts. Les coses bones agraden a tothom. Són el reconeixement a una feina en concret, i això sempre és gratificant. Adonar-te que has fet sentir una emoció al públic és molt reconfortant, et dona forces. I en una professió tan insegura com la meva significa, d'una banda, visibilitat; de l'altra, i amb sort, més ofertes de feina. Pot ser que apostin per tu directament, però la majoria de les vegades competeixes amb altres actrius. Sobretot, al principi, quan encara estàs escalant l'Himàlaia i no se't coneix gaire. Els representants són importants, perquè són els que estan en contacte permanent amb el que es produeix a la indústria o amb el que es produirà. Se suposa que els que treballen amb els millors són els que et calen quan estàs començant, perquè ho saben tot, però aquests, els que porten els grans, tenen fent cua tots els que també volen ser els millors. El problema és que solen estar tan ocupats amb les primeres espases que solen ocupar-se menys dels aspirants.

De vegades s'ha de triar entre ser cap d'arengada o cua de lluç. Algú va fer que m'ho plantegés quan jo era una *conquistadora* de feines. Us parlo des de l'experiència: me'n vaig anar amb un representant dels grans i vaig cometre un gran error. Va venir el no-res... No m'hi jugava la vida, però sí el meu futur. Després d'alguns idil·lis em vaig quedar amb una altra persona que em semblava bona professional i em va donar bons resultats. Avui, que ja no em cal ser representada, continuo recollint premis sense perdre la il·lusió. Com el que m'han atorgat mentre escric aquest llibre. Rebre la trucada d'un ministre per dir-te que et donen la Medalla d'Or al Mèrit a les Belles Arts bé es mereix que, per fi, posi tots els guardons a la vista a casa. El meu germà Joan sempre m'ho diu. Doncs hauré de presumir de premis.

La meva vocació ha sigut un regal

Profunditzar en els personatges és com submergir-te en una part desconeguda de tu mateixa per trobar-hi la font que necessites per interpretar-los. Sempre és enriquidor des del punt de vista personal. Així ho he viscut gràcies als molts mestres que sempre m'han acompanyat pel camí. M'encantaria fer una llista per anomenar-los a tots, però no me'n sento capaç. La vida ha donat tantes voltes... Alguns ja no hi són, altres hi han sigut en moments concrets i en ciutats tan diferents que la meva memòria no pot fer-los justícia a tots.

Ser actriu és com la vida, estàs aprenent constantment. Els personatges, els directors, els companys... Tots t'ensenyen coses. A més a més, el meu ofici no és només aprendre't un text i dir-lo amb convicció, amb sentit comú o amb gràcia, sinó també amb implicació personal. L'actuació s'alimenta de les teves vivències. Del teatre m'agradava tenir l'oportunitat d'assajar, dedicar-hi temps, estudiar, provar, relacionar-me amb l'energia dels meus companys. I el contacte amb el públic, l'energia del qual notes i els silencis del qual sents. Del cinema, la seva pròpia màgia, cosa que sempre m'ha atret.

A aquestes altures, si d'alguna cosa em sento orgullosa és de tot el que he aconseguit amb la meva professió, el fet d'haver resistit moltes temptacions —no totes, però— i haver sigut el més fidel possible a la meva manera d'entendre i executar la vocació d'actriu. Contra tot pronòstic i sense que hi hagués cap antecedent familiar, ha sigut fèrtil i rica en experiències. Puc mirar enrere amb certa serenor. Aquesta vocació m'ha ensenyat molt de mi mateixa i m'ha regalat molt més del que mai m'hauria imaginat. Disciplina, implicació i presència conscient han sigut les meves directrius abans d'actuar. I confiar. I saber que tot és un misteri, que donaré el millor que pugui de mi mateixa i que demà ho tornaré a intentar. Amb els anys, tot es va acceptant i encaixant. El temps també ha fet que el que aleshores veia amb mals ulls em sembli millor. Encara soc exigent, però amb els anys he anat modelant el meu esperit crític.

M'imagino que ens passa a gairebé tots els actors. Malgrat que quan deixem de rodar o s'acaba la funció seguim amb les nostres vides, en queda alguna cosa. Encara avui dia alguns dels personatges que he interpretat em surten i em sorprenen de tant en tant. Sorgeixen en les situacions més imprevistes i de múltiples maneres: en forma de frase, amb una imatge reveladora, amb un pensament o en sentir una emoció. Tots m'han deixat una empremta sobre les passions, les virtuts i els defectes humans. He *vist* penúries i alegries, valentia i covardia, esperança i desesperació, esclavitud i llibertat. Per a mi, escoltar els personatges és una manera d'aprendre. A través de la interpretació o de cada paper he sabut com convertir la meva vida en un camí de llum i no de foscor. Els personatges se't queden a dins i de vegades et socorren, igual que les amistats de veritat, les que no s'acovardeixen per res, ni tan sols per una malaltia sense retorn.

Ser actriu també m'ha ensenyat la força que dona el fet de no trair-se massa, malgrat que això m'hagi creat uns quants conflictes interns o que algunes persones no ho hagin entès. Sí, hi ha feines que he refusat per no sentir-me malament amb mi mateixa, d'altres que les he fetes per qüestions econòmiques i algunes de les quals vaig baixar del carro perquè m'atreia el cant de les sirenes com a Ulisses. Des d'aquí demano comprensió i disculpes per si va haver-hi algun dany col·lateral. La perfecció no existeix; és una utopia, però és interessant intentar buscar-la.

En qualsevol cas, ho dec tot a la meva família, començant pels meus pares, que em van acompanyar sempre en els primers passos que vaig fer com a actriu, malgrat tenir por per desconeixença i perquè m'allunyava del que s'esperaven de mi. El meu entorn familiar ha estat sempre al meu costat, com ara, i això és or.

6

Encara em pregunto quin dia és

AVUI

Tot i que intento seguir una rutina d'activitats, no sempre ho aconsegueixo. El meu amic Al tampoc m'hi ajuda, o potser és que no soc gaire obedient. O tot una mica. Del blanc al negre hi ha molts colors, però sí que sé que passo moltes hores a casa intentant aconseguir un ordre que mai aconsegueixo amb la ferma esperança que ho aconseguiré. S'acumula massa llast al llarg dels anys... Crec que ens passa a molts. I suposo que, per la meva malaltia, encara més. He de començar una cosa i acabar-la. Intento obligar-me a fer-ho perquè si la deixo a mitges em costa un esforç enorme ressituar-me.

Visc molt tancada i, curiosament, molt a gust. Visc a Gràcia, un barri amb molt d'encant. Recordo els ensurts que em donava en Franc, l'arquitecte que va convertir casa meva en el que és: un espai ample, diàfan i buit, una mena de *loft* novaiorquès. Sense ostentacions però elegant. Era just el que volia aleshores i no sabia que m'aniria tan bé ara. Fa poc li vaig donar les gràcies per poder gaudir de casa meva en aquest estrany i dramàtic moment de la meva vida. És clar que no m'hi quedo tancada, sempre m'ha agradat la vida de barri i trobar-me amb la quotidianitat més autèntica. Però és a l'interior de casa meva on em sento més segura.

Sense faltar a les meves sessions de pilates

Dins de la rutina, tinc dies fixos d'activitats a l'exterior. Els dimarts i els dijous a les deu del matí els tinc reservats sense condicions. És el meu temps de pilates. Fa anys que practico aquesta disciplina. Ara que hi penso, la practico des que al meu cos ja no li venien de gust les sessions en gimnasos o piscines. Sempre he fet exercici conscient que és sa per al cos i la ment, tot i que, en el meu cas... La veritat és que en una vida tan poc ordenada com la meva sempre he trobat la manera i l'espai per practicar alguna disciplina. He aconseguit vèncer la mandra, que és la gran temptació contra la qual s'ha de lluitar, però també la falta de son i la quantitat de viatges i assumptes personals diversos. Són les conseqüències de tenir una feina sense un horari fix i una ubicació tan canviant. No recordo com vaig començar amb els pilates, però sí que sé que vaig ser una de les primeres de la meva generació a fer-ne. Ja fa molt de temps.

Vaig trobar la professora perfecta, exigent, però sempre amb un somriure i amant de la seva professió fins a l'exageració. Ens sap dirigir els ossos a voluntat —parlo en plural perquè som unes quantes les que fem pilates amb ella— i sap demanar sense exigir. L'estimem i, com en qualsevol esport, quan retornes a les tasques quotidianes tens l'autoestima pels núvols. Però, en el meu cas, això no és una excepció, sinó una constatació. Això d'estar als núvols, dic. En qualsevol cas, si la profe, que és meravellosa, detectés algun senyal de perill per part meva, les dues tenim un *pacte* perquè m'avisi.

Pendent que tot estigui en ordre

També rebo visites. Una és la que em vigila la medicació. Ve a casa, de moment, tres cops per setmana per controlar la preparació i ingesta dels fàrmacs que prenc. És una de les tantes professionals responsables d'organitzar, vigilar i ajudar a iniciar el dia a les persones danyades per alguna malaltia o discapacitat, venerables ancians afectats per diversos diagnòstics o per la soledat. Quan arriba a casa meva, ja ha fet part de la seva ronda amb altres usuaris, com ens anomena ella. Es desviu preparant esmorzars i netejant culets de cossos envellits o malalts. En el meu cas és fonamental que controli que m'hagi pres els medicaments o evitar que me'n quedi sense. També que tot estigui en ordre, o sigui, que no m'hagi fotut un tret, per exemple. El que faci falta! Cada cas és un món i cadascú és un cas.

Aquesta dona és estupenda. Sempre arriba amb un estat d'ànim que és com una ràfega d'aire fresc per a algú como jo. Mentre m'organitza la medicació comprova si he fet bé els deures, perquè es veu que ja no soc fiable en aquest aspecte. Soc oblidadissa... Reconec que no llegeixo els prospectes, confio en els metges i en la meva família, representada pel meu germà Joan, que em vigila de prop amb tot l'amor. Sé que la ingesta de medicaments és el més important en la vida de la gent gran. Què seria de les farmacèutiques sense nosaltres? I què seria de nosaltres sense la Seguretat Social? Tot i que vull que sapigueu que no em considero una persona gran...

En el meu cas, els oblits amb l'Al són molt freqüents. Malgrat que gairebé mai no fracasso en les meves tasques, quan sí que em despisto em mira amb cara de «ha, ha... t'he enxampat» i em renya. Jo l'escolto sempre amb un somriure, perquè la seva dedicació i entrega a la feina són admirables. Sempre li pregunto si vol casar-se amb mi, però està molt unida al seu marit i em dona carbasses. M'explica coses de la seva vida i jo de la meva, tot i que durant les seves visites no compartim gaire temps. Això sí, a poc a poc vaig coneixent la M. i em produeix una enorme admiració i tendresa. Executa el seu ofici amb amor i també m'ajuda en coses més banals, i intueixo que, quan la cosa vagi a més, acabarà ocupant-se de la meva higiene diària.

El primer dia va arribar disfressada d'infermera: bata blanca, sabatilles blanques... En fi, com una infermera. Jo, molt delicadament, vaig demanar-li si era possible que es posés la disfressa un cop estigués dins de casa, perquè em fa certa vergonya que es visualitzi la meva malaltia en la comunitat i en mi mateixa. Em sento com si estigués malalta de debò, o sigui, més del que ja ho

Maria del Carme, em deien. Poc després de néixer ja era un nadó que mirava, curiós, el món.

De petita, tan formal, acompanyant els meus pares, en Josep i la Conchita, al casament d'un familiar.

El meu germà petit, en Joan, i jo a Barcelona. Tan ben vestits, no puc evitar somriure en mirar-nos. En fa molts anys, d'aquesta foto, però aquí segueix, al meu costat.

El segon gran esdeveniment de la meva infància: la comunió. Preparada, innocent i vestida amb tot detall.

Amb cara divertida i esperant una fotografia al costat del Rei Mag. La cara del meu germà Joan —que encara es recorda d'ell—, molt menys.

Encara em reconec en aquesta nena tímida que es divertia en una platja del Garraf, a Barcelona.

Quant per viure! Jo amb els meus dos germans, en Josep Maria i en Joan, pilars de la meva vida des de sempre.

Cap de setmana a casa d'algun parent. En aquella època ja havia fet els meus primers passos dalt de l'escenari.

Una jove i melancòlica Carme que llegia Sartre.

Corrien els anys vuitanta i jo ja portava diverses feines televisives a l'espatlla.

Amb qui va ser el meu marit, en Joan Potau: estiuencs, còmplices i feliços.

La mare i jo. Ella, tan preciosa i propera, va veure satisfeta com la seva filla es llaurava el camí que sempre havia somiat.

En Joan i jo vam fer grans viatges. Aquí, a Mèxic, amb les ruïnes de fons i el nostre amor en primer pla.

Ja a casa i més relaxada amb el Goya a la millor actriu per *Camino* (2008).

Compartint el Goya amb el meu pare. Em va fer tan feliç aconseguir el premi com que ell pogués gaudir d'aquell moment.

El 2018, amb els meus dos estimats germans a casa d'en Joan, a Sant Just Desvern, Barcelona.

estic, tot i que... Que potser no ho estic? Bé, aquest és un altre tema. Sigui com sigui, des d'aquell dia ve supermona perquè és molt coqueta i eficient. M'ha conquerit el cor i és la guardiana del meu cos, i la disfressa la utilitza només per a nosaltres... M'acabo d'adonar d'una cosa: he trencat un tabú. Avui soc oficialment una anciana amb Alzheimer. Fins ara no m'havia descrit mai així, és a dir, com una anciana. Crec que entre tots aconseguiran que em posi malalta de veritat...

Després, ja a casa, de vegades m'encanto amb la televisió, encara conscientment, i hi aboco part del meu temps. Però també surto al carrer amb la Niva. M'encanta treure-la a passejar; més endavant ella em passejarà a mi, i estic segura que m'ajudarà a tornar a casa. De cop i volta em trobo amb ella en carrers coneguts que en certs moments em comencen a semblar desconeguts i sé que quan l'okupa del meu cervell vagi ampliant el seu habitacle això avançarà a tota vela..., o retrocedirà, segons com es miri. Així que sé que la meva gosseta em cuidarà.

Y mentre escric això m'assalta un vers de Rubén Darío: «Quan vull plorar, no ploro, i de vegades ploro sense voler».

La joventut, un tresor diví...

Reconec que, mentre intento relatar com és la meva rutina amb el meu amic Al, de vegades entro en un estat de paralització o alguna cosa semblant. Perquè ara noto amb més força que potser explico coses que ja he explicat. I això també em passa a la vida diària. Com que ho noto, guardo silenci quan hi ha més d'una persona al meu voltant. Ja havia vist aquest mateix comportament en la gent gran més propera. «Paciència —em dic—. No serveix de res perdre els nervis. Si cal, plorem». Ja sabeu que si ara parlo en plural és perquè som dos. Ell, el meu amic Al, i jo. Descarreguem, però que sigui en la intimitat.

Les meves dubtoses llistes de la compra

Per sort, encara soc la mestressa de casa meva. Continuo cuinant, i per ara el menjar em surt comestible. Vaig al mercat, on tothom em tracta molt bé perquè empatitza amb mi. Però sempre que arribo a casa, em trobo amb peces d'algun aliment que no està en condicions òptimes (putrefacte, sí). És una cosa que em posa malalta (en un altre sentit). No sé si ja he comentat que el defecte més gran que tinc és la cerca de la perfecció. I això és com jugar al ratolí que empaita el gat. Impossible, oi? La perfecció no existeix i, si existís, la vida seria insuportable. Ho sé. Però el pitjor és quan m'adono que, tot i portar la llista de la compra, he comprat el que sabia que no havia de comprar, el que NO era a la llista. Aquesta setmana tinc tantes patates a casa que podria organitzar una festa a base de truites de patates. En aquests moments em ric de mi mateixa. Llàstima que no sigui caviar.

Això de les llistes no és tan fàcil com sembla. En general vaig apuntant el que falta durant la setmana i, amb aquesta llista, ja ho tinc tot a punt per anar a comprar. Doncs cada vegada que em disposo a fer la compra es veu que m'inspiro i em repeteixo. Vaig amb la llista a la mà o a la bossa, amb compte, mirant de cenyir-m'hi i, tot i així, caic en la meva pròpia trampa. Potser a casa hi ha un munt de rotlles de paper higiènic i gens de sabó, i puc tornar carregada de rotlles... i sense sabó. O anar a comprar ampolles d'aigua i quan vaig a guardar-les veure que no hi ha espai a l'armari de la cuina perquè està ple d'ampolles d'aigua, és clar. I així amb moltes altres coses.

Per què em salto les llistes? És perquè em crec més llesta? Diria que és perquè em veig a mi mateixa davant d'un buit a l'armari i en el meu cap estic convençuda que m'he oblidat d'apuntar-ho a la llista. I com desconfio de la meva memòria, desconfio també d'aquest trosset de paper amb instruccions mentre em trobo pels passadissos del supermercat de torn. El meu dia a dia és còmic i molt dramàtic. Tinc llistes per a gairebé tot. Em direu que és normal, que això ens passa a tots... Jo, per part meva, us puc donar la raó, però el que no trobo tan normal és l'estranyesa que no em resultin convincents alguns dels productes de la llista de la compra, que desconfiï de la meva llista i ja hi tornem a ser... Arribo a casa amb coses repetides o sense altres que necessito.

Utilitzo el sentit de l'humor i aprenc a callar

Durant l'exercici de la meva professió he practicat més el drama que la comèdia. Però ara mateix, com que tot està barrejat a la meva vida, quan m'adono que estic a punt de posar-me intensa —intensa de plorar, aviso—, faig un gir musical i busco l'humor. Soc com la Julie Andrews a *Somriures i llàgrimes* (1965). I prenc moments per descansar, és clar. Encara tinc consciència del que m'està passant i, en conseqüència, veig el camí que m'obligarà a recórrer el meu amic Al. Em torno a estremir només d'imaginar-me els pròxims passos que farem. Una vegada més desitjo i vull desaparèixer del mapa en el moment oportú. Quan el que anomenem consciència ja no sigui amb mi.

Ara, a més a més, estic aprenent a callar sempre que som més de tres. Un gran aprenentatge, perquè poden posar-se a parlar d'ahir o d'abans-d'ahir i perdo la continuïtat de la conversa. Tremolo quan se'm fa una pregunta directa i insospitada, ja que puc quedar-me en blanc o ficar la pota. De moment, l'actriu em salva. De vegades em trobo en situacions compromeses i ho passo malament, malgrat que tots sàpiguen que tinc Alzheimer. M'ha passat amb algunes entrevistes en què m'ha costat recordar certs moments de la meva vida.

Quan vaig a actes on he de dir unes paraules sempre porto la xuleta a la mà i em sento més segura llegint el que he escrit. Això sí, escriure discursos ho tinc per la mà. Al principi m'aclaparava, però ara ho gaudeixo. Em passa el mateix quan escric aquest llibre, barreja de memòries i testimoni personal. *Escriure és com rematar la meva passió per la paraula escrita i ho faig amb tota la humilitat possible.* Per a mi, estar sempre en contacte amb grans autors ha sigut una de les millors addiccions de què he gaudit a la vida. I crec que alguna cosa se'n va aprenent... Sense oblidar que des que tinc ús de raó em vaig convertir en una lectora incansable. Sempre portava un llibre a la bossa, que treia quan tenia temps. Més tard ja van arribar els guions i les obres de teatre, i la lectura recreativa va passar a un segon pla. Si miro enrere, em veig, joveneta, en tots els trajectes de transport públic amb un llibre a la mà, i no un de qualsevol! Els de grans com Sartre —ja us he dit que soc sartriana encara avui dia— o Camus, entre d'altres.

Per a mi, ara l'escriptura és un moment de concentració en què puc veure'm a mi mateixa des d'aquesta situació que estic vivint. Encara puc fer-ho amb la meva pròpia mirada, sense que el meu amic Al pugui jugar-me una mala passada. Cosa que fa... Perquè repeteixo situacions que ja he descrit i quan me n'adono em costa reprendre el fil conductor. I així comença l'embolic.

Tasques diàries sense evitar oblits

A poc a poc vaig jubilant armaris, desfent-me del que havia estat guardant infinitament, com els vestits que em recorden esdeveniment llunyans o no tan llunyans del que va ser la meva vida anterior: rodatges, obres de teatre, celebracions, festes, entregues de premis... També em distrec amb freqüència o encadeno moltes coses i he de tornar al principi. Trenco papers, consultant-ho prèviament al meu germà Joan, el meu cuidador oficial. Té un saber estar perfecte, sort que en tinc, d'ell. Tot i que tampoc em puc oblidar de la resta de la família, que té, ho reconec, una paciència sorprenent i infinita amb mi.

Sempre que en tinc oportunitat, passo l'aspiradora amb una passió absoluta, i en fer-ho recordo una amistat llunyana que era feliç i molt còmica explicant-me com es divertia amb el seu aspirador. El millor és que sembla que puguis netejar-te mentre neteges, perquè a terra també hi llenço la meva brutícia. El treball domèstic és així.

El meu amic Al fa que em costi recordar el present més immediat, però no tant alguns dels fets del passat. És més, pot ser que em costi horrors recordar què vaig fer ahir o fa tan sols un instant. Encara avui em resulta curiós el vaivé de la memòria: unes vegades em sembla molt precisa, i d'altres, tan erràtica... Quan l'okupa del meu cervell vagi ampliant el seu habitacle, això avançarà a tota vela o retrocedirà, segons com es miri.

Això sí, puc oblidar moltes coses, moltes, però mai oblido que tinc Alzheimer i en explicar-ho m'adono que encara estic molt bé, perquè m'adono que me n'adono... Per què el meu amic Al s'allotja dins del meu cervell? Per què en el meu? Per què? El destí! Com aquells navegants que sortien a descobrir el món sense saber què trobarien ni si tornarien sans i estalvis. Que valents! En un altre moment de la meva vida, la paraula *compassió* m'hauria irritat profundament. Avui l'entenc i no m'ofèn.

Bones intencions que fan mal

Al llarg del dia em passen una infinitat de coses petites, coses gairebé imperceptibles que no sé definir (noms que no recordo o paraules que estic a punt de dir, però que no dic), i quan intento fer-ho les persones properes em diuen: «Bé, això també em passa a mi». Però no, no és el mateix. És molt dolorós, quan t'ho diuen. Parlo de persones de la meva generació que intenten treure ferro a la qüestió. Sé que ho diuen amb bona intenció, però fa mal. Perquè quan intenten restar-hi importància semblen tan inconscients del que significa aquesta malaltia que em provoca una molt ben dissimulada agressivitat.

Ho fan per intentar alleujar-me i, tot i que puc entendre'ls, sento tot el contrari. Aquestes cosetes imperceptibles ens passen a tots, és clar, però jo estic diagnosticada i sé cap a on vaig: a un lloc on ningú no voldria anar. És l'infern, el de veritat. A més, últimament m'he d'assegurar diàriament de quin dia de la setmana és. Ho faig moltes vegades al llarg del dia. Com també mirar el rellotge contínuament. Per evitar descuidar-me'n, tinc un munt d'alarmes al mòbil per no oblidar-me de les coses que són prioritàries, com menjar i medicar-me quan toca.

Ja no controlo si em repeteixo, fins al punt que quan acabo una frase em sento a mi mateixa dient: «Ja t'ho he explicat, oi?». I també em repeteixo quan busco amb insistència alguna cosa que no trobo i de sobte no tinc ni idea del que estava buscant. Quan em passa això, intento relaxar-me i segueixo amb una altra cosa perquè sé que en algun moment o immediatament després em tornarà a la ment *allò que estava buscant*, i si no, bon vent i barca nova.

Cuino (i em surt bé) per a mi i per a la família, així que encara són moltes les coses de què puc gaudir, perquè ara sí que sento que dono més valor a les petites o grans coses de la vida, que quan estàs en actiu ni tan sols te n'adones. I escric... A casa, quan escric és quan més gaudeixo. Quin gran moment de plaer. Al meu voltant tot es queda callat, i som les meves mans i el meu deteriorat cervell treballant a l'uníson, i, com que ja em conec les seves trampes, les del cervell, no li faig ni cas. Tiro endavant sense prejudicis i sé que més tard ho llegiré i em toparé amb errors, amb coses repetides, que també corregiré. I així, fins al final. L'Alzheimer és perversament subtil. Gairebé ni te n'adones. Però quan te n'adones és aterridor.

Tenint en compte el que sé que m'espera, també m'agradaria deixar constància de com soc per quan deixi de ser jo...

De vegades m'ofego en un got d'aigua i d'altres soc capaç de moure una muntanya.

Soc seriosa, però també tinc molt sentit de l'humor. Un humor a la catalana que em recorda el meu pare i també la meva mare. És clar que pel que fa a l'humor familiar em guanyen els meus germans. El pare era tot un *guasón*... Aquest adjectiu que tant m'agrada ve de Veneçuela, de quan vaig rodar amb la Claudia *La distancia más larga*. Jo sempre que podia ajudava els meus pares a la botiga. El pare era molt de la broma i a les senyores, el nostre públic majoritari, els encantava. A més a més de bromista, era un home alt, guapo, atractiu... Un pare valent! La mare era preciosa, molt sensible i gens bromista, però portava bé que el seu marit ho fos. Els dos treballaven un munt. Crec que tinc una mica de cadascun d'ells.

M'agrada divertir-me i, alhora, soc molt dramàtica i profunda. Alerta, que són dues coses molt diferents. Això em ve de fàbrica, no del teatre. Però reconec que el teatre és un bon lloc per prendre com a eines les experiències de la vida, viscudes el més conscientment possible, amassar-les molt bé, posar-les al forn i convertir-les en material dramàtic ben profitós. Es nota que els meus avis paterns eren forners, oi?

Soc curosa amb el meu aspecte. No m'agrada maquillar-me per costum. M'agrada anar amb la cara neta, però amb una mica de trampa.

M'agrada l'ordre, que, per cert, em costa molt conservar. Quan d'adolescent em posava a endreçar la meva habitació tremolava la humanitat perquè creava un caos horrible al meu voltant. Aquest caos ja no és el mateix. Sí que intento airejar les estanteries. Penso què fer amb alguns dels llibres d'art de gran format i d'altres de teatre rus amb els quals vaig estudiar mètodes i papers. Aquests últims ocupen un espai a casa que m'agradaria alliberar.

He llegit molt, moltíssim... I ja no llegeixo tant com abans. Com podria fer-ho i aconseguir continuïtat? Llegeixo poesia. El meu amic Al m'ho posa més fàcil. Torno als meus llibres de la gran Sylvia Plath, una dona ferida de per vida que mai no va deixar de qüestionar-se. I rellegeixo poemes de Gil de Biedma que trobo entre apunts passats. «La por sobrevé en l'onada, immòbil», com diu un dels seus meravellosos versos que sembla que parlin de mi.

Les contradiccions m'han acompanyat sempre. De vegades he sigut poc flexible o massa intransigent amb mi mateixa. M'he trobat moltes vegades davant del dilema d'escollir. Si accepto aquesta feina que no em sedueix tindré un sou, però si no l'accepto, potser apareixerà la feina que tant desitjo i per fi tindré una altra oportunitat. Tots hem d'escollir, però jo ho plantejava com en

Hamlet i el seu «ser o no ser». La lliçó apresa és que a la vida s'ha de ser una mica atrevida i confiar en el que pugui brindar-te (i en una mateixa). No són coses incompatibles.

Arran de la malaltia, també he descobert que no soc delicada i que m'acostumo a adaptar al que toqui, amb algunes excepcions puntuals.

Soc controladora, tossuda, exigent i puc ser molt pesada, malgrat que intento contenir-me. També soc moooolt sensible, massa, i insegura. Però això últim, curiosament, ara menys. Tinc un defecte enorme: soc molt exigent amb mi mateixa. No em conformo amb el primer que trobo, vull anar més lluny, més i més lluny. De vegades, això em col·lapsa i alça una barrera davant meu, perquè pot ser que m'obligui a canviar una cosa que ja flueix. És un problema, sí. Soc molt poc objectiva perquè sempre veig la imperfecció, sempre penso que podria fer-ho millor. Ha sigut el meu gran defecte com a actriu i de vegades m'ha fet una mica de mal.

Sé que és cansat tractar amb mi, perquè encara tinc una opinió i també segueixo sent tossuda. Què hi farem! No he tingut temps d'estudiar-me el paper per a aquest personatge, i quan intento interpretar-lo, la improvisació se me'n va de les mans. A voltes, aconsegueixo algun petit èxit, però sortir a l'escenari com una cantant a *cappella* té els seus riscos. No sempre soc capaç de digerir la bola de dolor que duc a dins.

Sobre la depressió i la meva fragilitat

Pel que fa a la sensibilitat, reconec que pot ser bona per a la interpretació, però s'ha de saber posar-hi fre a la vida perquè et pot jugar males passades. Fa temps vaig haver d'enfrontar-me a la depressió. Podria ser que fos un avançament del que tinc ara a la meva ment? No l'hi desitjo ni al meu pitjor enemic, tot i que a aquestes altures sé que el pitjor enemic és un mateix. Els dolents te'ls crees tu. Bé, no sempre. Siguem justos. Sempre em pregunto si aquells terribles moments depressius eren un avançament del que havia de venir, és a dir, de la meva situació actual. I dedueixo que sí. És clar que sí. Com veieu, em resulta inevitable buscar respostes al que em passa.

La depressió et paralitza, et despulla de tu i vèncer-la suposa un esforç titànic. Em sento incapaç de descriure com és el món de la depressió, però em permetré dirne algunes coses i llençar un parell de recomanacions per a qui en aquests moments se senti arrossegat per ella. Sé que si decideixes —de veritat— dir prou, t'has de posar en mans d'un bon professional amb qui et sentis còmode. Que el tinguis com un aliat i, per descomptat, confiïs en ell o en ella. El que s'explica a la consulta és sagrat i un bon professional mai revelarà el que li expliquis. Mai et trairà. Si creu que cal parlar amb algú del teu entorn, sempre pensant a ajudar-te, només ho farà amb el teu consentiment. T'ha d'inspirar seguretat tan bon punt el coneguis i et donarà temps perquè puguis obrir-te.

Sé que patir una depressió et fa viure amb una sensació de fragilitat total, de la mena que t'impedeix enfrontar-te al dia a dia. Només moltíssima força de voluntat i les recomanacions mèdiques —en el format que siguin— són capaces d'alleugerir el teu estat perquè puguis seguir caminant per la vida amb molt de compte. Recorda: ets tu qui necessita cuidar-se. Una es planteja la medicació en aquests moments durs en què la voluntat més fèrria no té el poder de poder parar, frenar, suavitzar les situacions a les quals cal enfrontar-se i quan et sents com un kamikaze. Jo soc de les resistents que va fins al límit, però de vegades he sucumbit.

Jo vaig estar, com ara, disposada a obrir-me per parlar de mi mateixa amb tota la llibertat. Quan pateixes depressió t'ho has de permetre perquè hi està en joc la teva salut i la dels teus. En cas contrari, no aconseguiràs res. Què sento ara? Que el meu amic Al és fulminant. No hi ha lluita possible. S'ha d'assimilar tal com ve. Evidentment, no és fàcil. Només que ara no estic deprimida i no sento la mateixa por que sentia amb les depressions. Que estrany que és tot plegat... Estic a prop i lluny de mi.

Tot a la vegada.

7

Del (DES)AMOR se n'aprèn

He estimat i he sigut estimada. I sí, he abandonat i he sigut abandonada. I els rius s'han desbordat per haver plorat moltíssim per amor. M'he permès viure l'amor quan l'he sentit i fins i tot quan m'ha arrasat. Els records es van esborrant i el que queda és la certesa del que l'amor va significar per a mi, del que vaig aprendre sobre mi després de les decepcions: a estar llesta per al que vingués després. Vaig fer un pas endavant. Com ara.

Reprenc les anotacions d'un dels meus diaris. Necessito certa inspiració, diguem-ne, amorosa per parlar dels meus sentiments. Així comença un quadern personal que comprèn els anys 1971 i 1972. Jo, amb vint anys i tan sartriana... Aquest era un dels meus poemes secrets, dedicat a un amor no declarat. A algú que no em veia quan jo volia que sí que em veiés. Qui devia ser? Tinc les meves sospites.

Com la llum que s'apaga i després torna a sortir,
com el fred de l'hivern després de la claror de l'estiu,

com el dia que despunta per tornar a enfosquir-se,
això ets tu per a mi.
Jo soc aquesta rosa fresca
que mostra amb alegria la seva esplendor.
Aquella rosa que admires sense veure
i sense tocar deixes
amagant pansida el seu dolor.
Tu vas seguint el teu camí,
jo vaig seguint el meu,
però molt de tard en tard,
enmig del teu caminar,
aquella rosa bella apareix
i tu el pas has d'aturar.
La contemples distret i tornes a marxar
deixant allà la rosa
que guarda per a tu la seva frescor
confiada que un dia, quan tornis a passar,
comprenguis que és teva,
aturis el teu caminar,
la cullis i ja no tornis a marxar.

I una altra:

Quan tot ja s'acaba
quan gairebé res ens queda,
sempre resta l'esperança.
Però quan et preguntes a tu mateix
et trobes dient-te:
«Esperança de què?».
I no trobes la resposta adequada,
tot roman com fals i relliscós,
i tu et preguntes:
«Esperança per què?».

A la llibreta acumulo algunes notes més, gairebé totes breus. Em veig molt crítica amb la societat d'aleshores. Em veig al llit de la meva habitació pensant en la vida que m'esperava: estudiar, treure'm algun títol, tenir xicot, casar-me, tenir fills i ser àvia. Ja aleshores se'm posaven els pèls de punta només de pensar-ho. La idea de portar una vida rutinària m'avorria. «A la nostra societat, la dona ha de ser independent, és igual que l'home, no n'hi ha cap dubte», vaig escriure. Des del que he viscut puc dir que és evident que la societat ha avançat, però l'Església —que tanta influència tenia en la meva infància i joventut— continua enquistada. Jo desitjava un home que m'acompanyés sense esquemes familiars, que no estigués predisposat als valors d'aleshores, tot i que els que eren massa progres em feien una mica de por. Curiosament, en aquells moments col·laborava amb un grup de teatre que es deia Catarsi.

En aquells temps hi havia un noi que em queia bé. En realitat, m'agradava, però vaig fugir-ne. Sempre posava distància. Jo no volia entrar en profunditats, no era la vida que desitjava per a mi. Em semblava que no era compatible amb la meva vocació d'actriu i que el meu somni estava per sobre dels sentiments que ell pogués despertar-me.

Després, pels textos, veig que n'hi havia un altre que m'hauria pogut seduir, però jo no em veia amb ell i tampoc li corresponia. N'hi va haver d'altres. Suposo que era el moment de les sensacions intenses i també dels desànims profunds, dels dubtes... També em sentia sola i estranya amb la meva pròpia gent. Trista i molt insegura. «Estic plorant, he estat plorant i sé que ploraré més», em deia a mi mateixa.

Aquest és un fragment dels meus escrits de joventut. No està datat, però sí que intueixo que deu ser de l'època que vaig estar a l'Institut del Teatre. En aquestes paraules, encara que no estiguin dirigides a ningú en concret, em veig a mi mateixa:

> Era el segon dia que li passava el mateix. No sabia ni com solucionar-ho. Sabia que l'endemà allò quedaria dissimulat, ja que les coses que l'esperaven eren moltes i, per tant, no li quedaria temps per enfrontar-se de nou amb ella mateixa. Però també sabia que el problema seguiria igual i que tornaria a aparèixer. Però hi havia realment cap problema? Només sabia que l'angoixa l'ofegava. No tenia ànims per a res, no volia res, no desitjava res o com a mínim això és el que deia. L'angoixa se li presentava com una massa estranya que l'anava observant, espiant, envoltant fins que l'abrasava a poc a poc per després desaparèixer, però no durant gaire temps.
>
> En aquells moments de pau en què semblava que tot s'il·luminava i sentia que el seu esperit es despertava de nou, volia viure. Havia de buscar un estímul. El seu problema era que sentia sobre ella tot el pes de la seva existència i no tenia forces per enfrontar-s'hi. En els moments de solitud i de confusió, no trobava cap estímul vital. Tot era absurd, però les circumstàncies maquillaven l'absurditat dels desitjos prefabricats. No era difícil viure d'una manera superficial alimentant-se d'il·lusions momentànies, lluitant per aconseguir alguna cosa

que la convertís en la persona més estimada a ulls dels altres, de totes aquelles persones que ens envolten diàriament.

Vaig acabar lluitant pel meu somni

Des de la mirada d'avui, veig amb un somriure aquella noia tímida i intensa i l'aplaudeixo. Ho has aconseguit, petita. Vas renunciar a moltes coses, estimada Maria del Carme. El camí ha estat i està ple de dolor, però també de nombroses alegries. Has viscut amb valor i amb consciència malgrat les inseguretats, la incertesa, la por i les moltes «cagades» que hi ha hagut. Perquè tots ens equivoquem... Elias, que la lies! Però has aconseguit la vida que volies. L'has viscuda, per què no dir-ho, amb valentia! I sempre amb el suport de la família, malgrat algunes decisions tan complicades.

En els meus textos de joventut parlo de la necessitat d'estimar i dels dubtes per una relació que vaig frustrar gairebé abans que comencés. Trobava a faltar un gran amor, però no volia lligams per molta atracció que sentís. Sembla que volia sentir-me lliure i tenia clar que el meu rebuig estava motivat per perseguir un somni. Jo mateixa ho tinc per escrit. Em deia: «Opto per la utopia». Vista la meva carrera com a actriu, la il·lusió que tenia no ha sigut tan utòpica. Vaig acabar lluitant pel somni, pel meu ideal, malgrat tenir la sensació de nadar a contracorrent i de desitjar estimar. De sentir-me sola i una mica nostàlgica, però també amb la necessitat de suport. En realitat, ja coneixia l'existencialisme abans que Sartre me'l mostrés.

Em miro ara i sé que no he canviat gaire. Sempre he sigut una mica radical, com si les coses no poguessin compaginar-se. He sigut molt estricta i, a la vegada, m'he esforçat per ser lliure, valenta... i per vèncer la por que sempre m'ha perseguit. Avui tinc la necessitat de sentir-me escoltada i de poder anar-me'n cap a la «Ítaca» de Lluís Llach quan el meu jo s'esfumi sabent que, amb tota probabilitat, no serà de mort natural. No vull viure sense ser jo.

Avui com ahir, demà com avui,
i sempre igual!
Un cel gris, un horitzó etern
i caminar..., caminar.

Deia el romàntic Gustavo Adolfo Bécquer. Aquests versos que vaig anotar en la meva joventut, avui dia encara tenen sentit per a mi.

L'amor en totes les seves formes

L'amor és inabastable. Puc utilitzar les veus dels poetes romàntics i parlar dels amors prohibits, els amors desitjats i no aconseguits, els amors feliços que mengen anissos, els amors platònics, els familiars, els dels amants traïdors, els dels fills... Estem plens d'amor, si no és que ho ocultem amb tot el contrari. El primer nen de qui em vaig enamorar va ser el germà d'una amiga. Ens havíem convertit tots en adolescents, i jo em ruboritzava i tremolava en la seva presència. Encara que no va arribar a ser mai el meu xicot, jo estava convençuda que ell somiava amb mi, però l'esquivava quan me'l creuava pel carrer i intentava evitar-lo. Pel que he llegit en un dels meus textos del passat, sembla ser que vaig viure molts anys recorrent al seu record.

M'agrada la frase que es va convertir en el títol de la primera pel·lícula de qui va ser el meu marit durant una llarga etapa de la meva vida: *No respires, el amor está en el aire* (1999). Perquè, com també transmet la pel·lícula amb ironia i llibertat, l'amor és el tema sobre el qual tant parlem i que tantes cares ens mostra. Els enganys de l'amor ens condueixen a estranys estats d'èxtasi o dolor. Com parlar de l'amor sense mencionar alguna d'aquestes coses? Cadascú tenim el nostre referent i juraria que el primer que pensem és en l'amor de parella, encara que aquesta emoció adopti moltes formes. També sé que perquè l'amor es manifesti cal que tu estiguis receptiva, tot i que també crec en les fletxes que llança Cupido.

Avui mateix, sento un enorme amor per una flor que em van regalar ahir a la nit i que està en un lloc visible de casa meva. Li he sadollat la set, l'he despullada dels ornaments amb què me la van regalar, i està només amb aigua i, això sí, un gerro preciós. Sento afecte per aquesta flor. Passo pel seu costat i li xiuxiuejo com n'és de bonica, la felicitat que em proporciona, i li parlo. No és bogeria. És que crec que és sensible o potser soc jo la que té ganes de donar o agrair amb amor. Estimar una planteta és fàcil. L'amor cap a un mateix i cap als altres és més complicat. L'amor és molt flexible i de vegades esquiu. I jo em pregunto: «M'estimo a mi mateixa?».

És cert que quan ploro em consolo. Ho faig com si estigués parlant a la nena que hi ha dins meu i, curiosament, fa el fet. És com si un ésser amb experiència li parlés a un altre ésser que no en té. He de dir que interpretar els dos personatges em tranquil·litza, tot i que no som dues, sinó una que es divideix i adopta el paper de la que sap i també la de que per un moment no sap. A la petita li parlo amb diminutius. Diria que això emergeix de la teràpia Gestalt, de la qual soc una fervent seguidora, i, per descomptat, de la meva condició d'actriu, entrenada per impregnar els personatges de vida. No és això també una altra forma d'amor?

La meva vida amb Joan Potau

Ja ho he dit abans, jo vaig viure l'amor de parella de manera oficial amb Joan Potau. Era un encantador de serps, un supervivent dinàmic, amb una mirada intensa, intel·ligent, i un saber gaudir de la vida fora del comú, malgrat que en la seva adolescència es va veure afectat per una malaltia rara i difícil. Això no li va impedir portar una vida normal. L'afecció li va deixar una empremta al cos, però no a la seva ment, una de les més privilegiades que he conegut mai. Recordo com es reia de la malaltia i s'hi enfrontava amb un optimisme embriagador que se saltava qualsevol norma.

Era un home fascinant, amb la seva irresistible personalitat em portava volant al món dels somnis, de la creativitat, de l'alegria... del plaer d'estar vius. En Joan, talentós guionista i director, va ser un dels participants de les revolucionàries propostes que van sorgir en el desaparegut Saló Diana, un cinema del Raval reconvertit en laboratori d'art. Impulsor d'aquestes i de tantes altres coses... Aquell projecte buscava canviar l'escena a Barcelona, cosa que no tenia res a veure amb productes de fàcil digestió per a un públic poc exigent. Em veig a mi mateixa fent una obra amb l'actor Arturo Fernández i, després de la funció nocturna, anar-me'n entusiasmada al Diana a viure allò: un lloc amb assemblees on tothom podia compartir i aportar, i tots hi estaven realment implicats. Quins mons tan diferents...

En Joan i jo ens vam casar pel civil. No volíem un casament per l'Església vestits de nuvis i amb tot el que implicava. Tampoc volíem fer cap banquet com els que es feien. Per nosaltres, casar-nos era un pur tràmit. Però eren els setanta... Vam seguir els costums familiars a la nostra manera i per tal que tot estigués en harmonia, com a mínim vam segellar la nostra unió legal als jutjats. La veritat és que dir-li a tot això celebració em sembla excessivament generós. La sorpresa va ser que, de sobte, enmig d'aquell ambient, va tenir lloc un xou meravellós i inesperat. La companyia Els Comediants, que eren amics nostres, van donar color a aquella cerimònia civil. Enmig de tant atrotinament, el director, en Joan Font, va muntar un enorme espectacle amb actors, músics i artistes de tota mena que nosaltres i tota la família vam gaudir moltíssim.

Després, perquè la cosa no quedés tan desposseïda del seu valor com a esdeveniment, vam llogar un local de copes on habitualment els actors ens reuníem després de cada funció. Cadascú venia del seu teatre i allà manteníem tertúlies fins ben entrada la nit, tret que l'endemà ens toqués matinar per anar a la televisió o a rodar una pel·lícula. Aquell espai, anomenat Joanot, era perfecte per al que volíem, amb una llum tènue que no tenia res a veure amb l'estridència de l'ambient d'un banquet de bodes. Això sí, jo anava vestida de Toni Miró, amb una bonica camisa de seda blanca i una faldilla estreta de color beix, a més d'uns botins i d'una preciosa gavardina. En Joan portava un vestit de vellut gruixut de color marró, també del mateix dissenyador. Que progres... Ens encantava Toni Miró, tot i que no podíem permetre'ns anar amb gaire freqüència a la seva botiga.

Per cert, parlant de locals, vam tenir un projecte en comú que ens feia molta il·lusió. Vam intentar muntar un cafè teatre a l'aleshores plaça Reial de Barcelona. Volíem seguir l'exemple del que havíem vist a Madrid: petits espais en llocs impensables on es feien espectacles més o menys transgressors. Tot i que sí que vam poder dedicar-lo a bar de copes, mai vam poder aconseguir els permisos per disposar d'activitat teatral. Ni demanant-ho de genolls als organismes pertinents... Aquell espai no reunia les condicions necessàries. Sí que hi vam fer un únic espectacle. Va ser l'estrena i el comiat d'un bonic somni compartit per tots dos.

La nostra llar no van ser les golfes on jo em vaig instal·lar buscant la independència. En Potau i jo ens en vam anar a viure al Walden 7, a Sant Just Desvern. Aquell edifici emblemàtic de l'arquitecte Ricardo Bofill, tan modern i futurista, era extraordinari... Vam estar-hi molt a gust durant els primers anys, ja que em quedava relativament a prop dels estudis de Televisión Española, teníem piscina a l'enorme terrassa de l'edifici i la companyia d'uns quants amics dedicats al món de la publicitat, com en Joan, que vivien al mateix edifici. Tots vam caure rendits al món Bofill, fins que van començar a caure les rajoles de la façana del Walden i, de vegades, havíem d'esquivar-les als passadissos per arribar a l'ascensor. Van cobrir tots els espais amb una malla protectora perquè no ens féssim mal. Reconec que allò també tenia el seu encant, i fins i tot ens feia riure. I tampoc ens va deixar d'agradar l'espai interior... Algunes vegades, movent-me pels passadissos per arribar a l'ascensor, distingia de lluny la figura de l'actriu italiana i esposa d'en Bofill, Serena Vergano, amb un dels seus fills en braços. No m'he pogut resistir a mencionar l'anècdota sobre la mussa de l'Escola de Barcelona i la *gauche divine*. La mirava amb admiració. En canvi, també recordo que les piscines van deixar de funcionar bé, els amics van anar marxant i nosaltres vam acabar separant-nos sense que les rialles per les rajoles caigudes poguessin evitar-ho.

En aquell moment, de la mateixa manera que experimentàvem de manera artística, la llibertat sexual flotava en l'aire i, encara que jo fos una senyora casada, em permetia reconèixer les diferents atraccions que sorgien i donaven lloc a compartir moments que no anaven a més. El meu senyor marit, també. Reflexionant sobre tot això i amb una mirada des de l'experiència viscuda, crec que aquella explosió va ser l'inici d'una llibertat necessària per a mi, de sentir que podia responsabilitzar-me amb més claredat dels meus propis sentiments i prendre les opcions que creia oportunes sense el pes del passat ni dels costums heretats o de la por de danyar l'altre. Em sentia mestressa de mi mateixa i responsable de la meva vida. Així soc jo: unes vegades valenta i d'altres covarda.

El que se'n va anar sense dir adeu

Més tard, moltíssim més tard, vaig patir la bogeria del que va ser per a mi un gran amor, el que se'n va anar sense dir adeu —com si fos el dolent d'un *spaghetti western*— i que va derivar, de manera dolorosa però necessària, en la separació del que va ser el meu gran company de vida. Si el cito és perquè el cor se'm va posar en marxa en un format desconegut fins aleshores i vaig viure moments molt intensos. Però ell, un bon dia, va ensellar el seu cavall i se'n va anar sense més ni més. Em va destrossar el cor, que va trigar molt a recuperar-se. Vaig viure una depressió molt forta a causa del desamor, el qual, després d'un dolorós període de superació, em va ensenyar molt de mi mateixa. Com va dir el poeta Rabindranath Tagore, «si plores per perdre el sol, les llàgrimes no et deixaran veure les estrelles». Vaig a aprendre a caminar en solitari i a sentir de nou l'albada amb una mirada neta, lluent i més sabia. I va haver-hi altres estrelles.

Anys després em vaig veure immersa en una relació molt estable en la qual vaig posar tota la fe i la il·lusió possibles. Però una vegada més vaig ser traïda vulgarment. Vaig perdonar, tot i que més tard la traïció es va repetir amb altres característiques diferents. Malgrat tot, allò va ser com posar-me un mirall enorme al davant. I el reflex no em va agradar. Soc conscient que, passat el dol, aquestes experiències em van regalar el brot de confiança en mi mateixa que he seguit cultivant: em van fer saber què vull i com ho vull en cada moment. Després de qualsevol crisi sentimental, la vida t'espera, i tu vas creixent amb ella. És com intentar protegir-te de qualsevol cop mantenint-te en una fràgil gàbia de vidre. Hi haurà cops i fractures, però també hi haurà noves experiències. A aquestes altures, si et permets mirar enrere amb sinceritat i sense rancúnia, tot resulta harmònic i lògic. Res no hauria passat sense el que ha succeït abans ni el que ha succeït amb anterioritat a aquest abans. S'ha de viure sense contemplacions.

Entenc que al llarg de la vida ens han passat coses així a tots o poden passar-nos. Les patirem uns i altres. Tots hem de viure certes experiències pel nostre propi bé, encara que facin mal, però defenso la necessitat de parlar i compartir les nostres emocions. I, si és necessari, una pot acceptar-ho. Però el vulgar vodevil de l'engany mai ha estat del meu gust. No ho suporto. A mi em van les tragèdies i les comèdies.

En qualsevol cas, tot això conviu dins la meva clivellada memòria. Em sento en pau per haver degustat l'amor i el desamor, per haver rigut i plorat, i per ser conscient de les llums i les ombres que m'han tocat viure, que m'han fet pujar al cel i descendir cap a l'horror més profund.

Això és viure.

Som volcans i podem entrar en erupció.

8

No em parlis diferent,

parla'm

MILLOR

Quan es pensa en un malalt d'Alzheimer, se sol tenir la imatge d'una persona pràcticament desnonada i incapaç. La malaltia passa per diverses fases, més o menys ràpides, evidents i simptomàtiques que t'encaminen, inevitablement, cap a la pèrdua d'un mateix. Tot i això, la fase més primerenca et permet portar una vida gairebé normal durant anys. Així que, en algunes ocasions, ets tu mateixa qui ha d'ajudar els altres, ensenyar-los que estàs sencera i que encara no has arribat a aquest moment tan crític. Tot això pot generar tensions i susceptibilitats. Entenc que és difícil tant per a uns com per als altres (o sigui, per a mi). Cuido molt —encara puc fer-ho— cada una de les situacions en què em veig immersa, però és probable que se m'escapin algunes coses. Llavors és quan passo a ser jo la cuidadora dels altres i intento pal·liar l'efecte que produeix qualsevol incident que, involuntàriament, hagi fet circular l'alarma o que hagi creat un efecte negatiu al meu entorn. No és senzill tractar amb aquesta malaltia. Ni per a mi ni per als altres.

Un aprenentatge exprés per a tots

Pels qui em coneixen menys, com els veïns del barri, sento una especial amabilitat i solidaritat. Per sort no cal haver de donar gaires explicacions. Ho he fet públic, així que entenc que tots n'estan al corrent. Per exemple, acostumo a anar al mercat per tenir coberta la setmana i em toca la fibra molt sensible veure com m'atenen, com només veure'm ja em preparen la comanda i gairebé ni m'he de mirar la llista que porto de casa. Per a mi això és amor! En pensar-hi, les llàgrimes volen sortir ara mateix d'excursió, però no els ho permeto.

Entenc que només els que et veuen sovint poden saber en quin punt estàs i tot i així pot resultar complicat de gestionar, perquè també depèn de la perícia de l'afectat. Sé que tinc molts recursos. Suposo que ho dec a l'actriu que encara treu el cap, la que m'ajuda de tant en tant i que encara és capaç d'enganyar els qui em veuen menys.

M'he de conduir a mi mateixa per no derrapar perquè podria acabar ferida o ferint algú altre. Al capdavall, això s'ha convertit en un aprenentatge exprés en el qual tots som simples alumnes. M'imagino que per als qui em cuiden tractar amb una malalta com jo és tan complicat com per a mi, la malalta, saber acceptar que necessito ajuda i tractar adequadament els qui em cuiden. Això no treu l'enorme agraïment, afecte i respecte que sento cap als qui porten les regnes de la meva vida perquè no se'm desboqui cap a qualsevol racó.

Saber cuidar i deixar que et cuidin

De sobte, noves persones entren i surten de casa teva, éssers humans que s'encarreguen de les desgràcies alienes aportant el que millor saben fer. Cada professional té el seu caràcter i la seva manera de tractar o interpretar la malalta. Preparen i controlen els medicaments, ajuden a la neteja física —mentre escric això, aclareixo que a mi encara no em cal—, però començo a entendre el sistema i a sentir-me agraïda. No vull que la meva família estigui tot el dia pendent de mi, encara que inevitablement ho faci. Sabent que hi ha una ajuda que la pot relaxar em sento més tranquil·la. Em sento bé sabent que aquests diners que tots aportem per a la salut pública són tan beneficiosos per al món de la malaltia. L'aplaudiment que van rebre els sanitaris durant la pandèmia va ser un gran reconeixement, i avui hi vull contribuir amb aquest escrit des de la meva tragèdia personal.

Cuidar no significa només ocupar-se de l'altre o tenir-ho tot ben disposat per a ell. Al llarg de la vida he vist persones poc motivades per fer aquesta tasca. Entenc que pot ser una feina poc gratificant si no es té vocació, però per cuidar s'ha de mostrar una bona actitud i estar convençut que és la feina que es vol fer. *Crec que el cuidador ha de saber cuidar i que el malalt ha de saber respectar.* Jo ho faig, però quan la malaltia avanci deixaré de ser mestressa dels meus actes, de les meves paraules —si és que encara són intel·ligibles—, i sortiran els impulsos. Desconec quins seran, ja que el cervell serà el protagonista, no jo. Somio amb no haver d'arribar a aquest moment. Potser penseu: «No te n'adonaràs, perquè això ho du de sèrie la mateixa malaltia». Però, i si me n'adono, encara que sigui per moments?

Sí que hi ha una cosa que m'agradaria deixar ben clara. Els malalts d'Alzheimer seguim sent adults i m'he atrevit a revisar aquestes indicacions, el decàleg —molt útil— que sol utilitzar-se per saber com comunicar-se amb nosaltres. El comparteixo, amb matisos.

1
NO discuteixis MAI amb el malalt,
posa't d'acord amb ell.

2
NO intentis MAI raonar-hi,
distreu-li l'atenció.

3
NO el tractis MAI com un nen petit
que no entén res, parla-li amb respecte.

4
NO intentis MAI donar-li lliçons.
Asserena'l i explica-li les coses com l'adult que és.

5

NO li demanis MAI que recordi, rememora-li les coses i els fets. «Te'n recordes de...?», no! Digue-li: «Recordo que...».

6

NO li diguis MAI: «Ja t'ho he dit». Repeteix-l'hi tantes vegades com calgui.

7

NO li diguis MAI: «No pots fer-ho». Digue-li: «Fes el que puguis».

8

NO li exigeixis MAI ni li ordenis res, pregunta-li i ensenya-li.

9

NO perdis MAI la paciència. Retira't abans de perdre-la.

10

NO forcis MAI, reforça.

Tenir algú de confiança que et faci costat

El diagnòstic que vaig rebre sempre està present a la meva vida. S'ha d'acceptar. Potser aquest és el pas més difícil per a qualsevol afectat. Per a mi ho va ser i ho continua sent. Però, a poc a poc, m'he anat adonant que ser conscient del que em passa m'ajuda a protegir-me a mi mateixa, a poder portar encara les regnes de la meva vida i a entendre que, per a certes coses, necessites una mica d'ajuda exterior. La clau és ser realista sobre el moment degeneratiu en què em trobo i saber que les ajudes s'aniran implementant a mesura que la malaltia avanci. En el meu cas, és superpositiu ser plenament conscient de tot això i seguir sent-ho encara.

Aquesta consciència també em permet agrair el suport que rebo i em prepara per acceptar l'inacceptable. Cada dia intento posar en ordre la meva desordenada vida i arreglar-me-les sola amb certs controls que jo mateixa m'imposo. Vull ser jo la guardiana de la meva memòria! Fins que pugui... I vull continuar escrivint, com ara mateix, per intentar fer comprensible el que és incomprensible d'una malaltia com aquesta. Però hi ha una cosa fonamental que han de saber els malalts: hem de tenir algú que ens faci costat.

Cal aquesta figura que mana i et mana, una persona de confiança que organitzi l'ordre de les teves necessitats a mesura que la malaltia vagi adquirint més protagonisme, i obeir les seves decisions. En aquest aspecte soc afortunada, tot i que reconec que no soc gaire modelable fins al punt de ser, de vegades, rebel. El meu consell des de la meva experiència, encara de curt recorregut, és que no s'ha de discutir mai. La meva família, capitanejada pel meu germà Joan, em controla de lluny i de prop. Se'ls ho ha d'agrair, sempre. I sense oblidar-me dels convidats extres que passen per casa per brindar-me tot el suport possible. És bo ser conscient de tot això i saber donar les gràcies.

Mentrestant, escriure em fa feliç. L'enorme plaer que em causa que les paraules brollin sense ser forçades, com si haguessin esperat aquest moment, el de donar testimoni de la meva vida, per manifestar-se amb força en forma d'escriptura. Gaudeixo del pas del temps sense anar estressada d'una banda a l'altra perseguint les paraules abans que se m'escapin. Soc la mestressa del meu propi temps. Poder veure com passa un núvol i com el cel es fon en mil tonalitats, cadascuna més bonica que l'anterior. Em poso poètica, però m'agrada experimentar, encara, aquestes sensacions. I llegir! Malgrat que d'aquí a un temps els conceptes es dilueixin qui sap on. Fins i tot gaudeixo encantant-me davant de la caixa tonta. Així busco oblidar-me de mi mateixa per un espai de temps incontrolable.

El pitjor que em passa és que no sé si repeteixo les idees que ja he explicat de manera diferent. Però prefereixo seguir i, si de cas, ja ho esbrinaré en un altre moment. Així no perdo el fil o com a mínim visc una estona amb la il·lusió de no perdre'l i d'estar en harmonia amb mi mateixa.

Quan em repeteixo, si estic amb algú, sento allò de «sí, ja m'ho has dit». I jo: «Perdona, perdona...». Amb franquesa, prefereixo que m'ho diguin. Em sento més segura si al meu voltant hi ha veritat. Crec que el millor medicament per a aquesta malaltia és que totes les persones que t'acompanyen siguin sinceres fins a l'extenuació. És l'única manera que pots confiar en tu mateixa. La mentida piadosa no em fa cap bé.

Amb motiu del Dia Mundial de l'Alzheimer, el passat 21 de setembre, vaig anar fins a València per rebre un altre reconeixement, la commemoració del vint-i-cinquè aniversari de la Federació Valenciana d'Associacions de Familiars i Amics de Persones amb Alzheimer (FEVAFA), celebrada a les Corts. Vaig anar-hi amb en Joan i també hi era la meva gran amiga Claudia Pinto. Em vaig emocionar. No només per la distinció, sinó també pels testimonis dels familiars que eren allà presents. Sé que vaig parlar del paper dels cuidadors perquè porten el pes de tot i que vaig valorar la labor de les organitzacions que fan visible la malaltia. És una cosa que tinc molt present.

També vaig enviar un missatge d'esperança que segueixo defensant: d'aquí a uns anys la gent podrà curar-se. Segur que sí. Llàstima que els que ara hi estem ficats no puguem experimentar-ho encara i haguem de suportar un camí inevitable. Confio en la ciència, però tot i així, s'ha de fer activisme social. Des de les organitzacions es parla de la necessitat de potenciar la investigació tant pel que fa a la detecció precoç com al tractament de l'Alzheimer, ja que conèixer com abans millor el que et passa et permetrà portar una vida tan normal com sigui possible dins d'unes limitacions raonables. És a dir, ser conscient que tens la malaltia, però sense oblidar-te de viure mentre sigui possible. El missatge que van traslladar i que no paren de defensar és que només així es pot plantar cara a «aquest tsunami gris», van dir.

Noto la protecció de la meva família. Del suport no fa falta que us en torni a parlar. No puc imaginar-me com seria passar per aquesta mena de tortura sense ells. També entenc els parents que es distancien i que no saben, no poden o no volen estar al teu costat. La meva relació amb els meus, els més propers, és intensa, però també he passat llargues etapes de la meva vida viatjant d'una banda a l'altra a causa de la meva professió i vivint a Madrid. Portant el curs de la meva existència, mentre ells també s'enfrontaven a situacions complicades sense poder rebre la meva ajuda. Així que els entenc. No tothom encaixa o processa de la mateixa manera que un familiar o que una persona que estima tingui Alzheimer. Hi ha sensibilitats diferents. El que sí que sé i n'estic convençuda és que tots defensaran els meus desitjos finals i advocaran per la mort digna que demano a crits. Sé que hi ha persones amb una altra manera de pensar, creences diverses i sentiments que no tenen res a veure amb els meus. Heu de saber que us respecto. Jo només demano el màxim respecte perquè la meva decisió sigui irrevocable.

9

El més important és PERSISTIR

La gent hi és a la vida, però no tant a la no vida. Aquesta podria ser una definició de l'amistat tal com la veig ara. Perquè no tothom se sent còmode amb tu quan tens una malaltia així. No els jutjo.

Els amics són el nostre mirall. Els bons amics t'impulsen a *ser*. A aquestes altures de la vida, admeto i accepto que l'amistat no és per sempre. Però sí que es queda i t'alimenta el tram que hagueu fet junts. La vida dona moltes voltes, em deien les persones grans més properes. I és així. La vida va teixint una xarxa que et construeix com a ésser humà, però també t'indueix a saltar bassals o a llançar-te per precipicis dels quals has de trobar la manera de sortir-ne o quedar-te quiet mentre els altres s'allunyen i deixen pas als qui arriben. De vegades ets tu la que necessita moure's de la mateixa manera que es modifica el teu entorn.

Encara que tot sembli igual, no és el mateix.

Hem d'agafar-ho tal com vingui, em diu en Juan Carlos. Ell es refereix a l'actuació, però encara que s'apliqui al teatre no deixa de ser una pràctica a la vida i per a la vida. Els mestres de l'escena ens parlen partint de nosaltres mateixos, de la nostra experiència vital i de les emocions. Per interpretar has de ser conscient del teu viure, donar-li espai, i això només és possible donant pes a la presència de la nostra ment i del nostre cos. I, d'aquesta manera, anar ampliant la consciència del viure i poder obrir nous camins que surtin del teu ésser. Aquesta és la gran lliçó que imparteixen per a la interpretació i per a la vida. Des de l'amor i el cor, hem de cuidar, respectar i donar les gràcies als qui hi són, i comprendre les persones que no són al teu costat. Així és la vida.

Va haver-hi una època en què érem un trio d'amigues actrius, Silvia Marsó, Carme Sansa i una servidora. Fa mil anys vam rodar una sèrie per a la televisió catalana, *Dones d'aigua* (1997). La localització principal era un balneari preciós lluny de Barcelona, així que només trepitjàvem casa nostra els caps de setmana. Aquella situació ens va unir molt i va quedar establerta, sense cap decisió prèvia, una amistat que ha estat molt viva durant llargs anys. La Silvia reparteix el seu temps entre Madrid i Barcelona, igual que el repartia jo, i ens avisava de les seves estades a la ciutat. Teníem unes trobades, gairebé sempre gastronòmiques, molt divertides. Aquella feina ens va donar l'oportunitat de convertir-nos en un trio indestructible. Llàstima que l'indestructible és comprensiblement destructible. Una cosa no existiria sense l'altra.

La màgia de fer el nostre propi camí

S'ha de saber reconèixer tot el que t'han regalat les persones que han desaparegut. No per si han sigut millors o pitjors, sinó pel tros del camí pel qual t'han acompanyat. Has après d'elles, per a bé o per a mal. Allà on t'hagin dut. Tot i que això només ho veus i ho saps de veritat molt més tard. Quan vaig estar sumida en una profunda crisi, una altra de les meves..., quan vaig patir un abandonament molt dolorós, me'n vaig anar sola a recórrer el Camí de Santiago. El vaig començar a Astorga. Encara recordo el meu pare acompanyant-me fins a l'estació de Sants de Barcelona i rebent-me al final del Camí a Santiago de Compostela.

L'elecció d'iniciar el Camí a Astorga tenia un motiu. Anys enrere hi havia rodat una pel·lícula per a Televisión Española. Es tractava de *Luis y Virginia* (1982), dirigida per Jaime Chávarri. La meva parella artística era Joaquín Hinojosa i interpretàvem uns mestres que tenien repercussió al poble on s'instal·laven. Va ser un rodatge del qual en conservo, encara, un bon record. És per això que vaig pensar que tindria una mica de simbolisme començar-lo allà. Vaig reservar habitació al mateix lloc on ens vam allotjar durant el rodatge. Va ser increïble, perquè els mateixos amos em van rebre com si fos algú de la família que torna a casa després de molt de temps. L'endemà, amb les emocions força remogudes, vaig continuar el viatge caminant fins al meu destí. Al Camí pots passar-te hores i dies caminant sola. També pots fer-lo amb algú que porti el mateix ritme que tu.

Ningú no t'obliga a res. És un trajecte molt íntim o pots compartir-lo. No passa res si li dius a algú que vols caminar sola. La part bonica d'aquesta experiència és que cadascú fa el seu camí, amb les seves pròpies motivacions, tot i que el trajecte pot omplir-se de retrobaments i comiats que de vegades fan mal però que són necessaris. És una metàfora de la vida mateixa.

Recordo la cara del meu pare quan vaig arribar a Santiago. Quina sorpresa més maca! O potser ho teníem programat? Vaig tornar a Barcelona molt lleugera d'equipatge, no sense abans allotjar-nos en un magnífic hotel i dormir en un llit de veritat. Totes dues coses, un gran premi per a qui fa durant dies de pelegrí. Quina va ser la màgia del Camí? Cal fer-lo perquè cadascú trobi la seva resposta. Estàs sola amb tu mateixa. La teva atenció se centra en l'esforç del teu cos i a complir un trajecte dissenyat justament per a això. Caminar et convida a mirar, veure, reflexionar... A resistir i observar de veritat. És com una neteja interior. A cada moment només hi ha dues paraules: *acceptar* i, si fa mal, *resistir*. Perquè no hi ha res més a fer. «Vinga!», em dic. Ara em ve al cap alguna cosa del passat.

L'actor José María Rodero, a qui vaig conèixer a Madrid a principis dels anys vuitanta, em va dir: «Carme, el més important d'aquest ofici és persistir». I mai m'ho he tret del cap, sempre ho he tingut present. Fins i tot ara. És una frase que duré a dins mentre el meu amic Al m'ho permeti. Quan passes per un mal moment has de saber quin és el teu camí i aguantar. Això em servia aleshores, quan era una actriu jove, venia de Barcelona i estava emocionada fent cine, començant el meu camí. Aquestes sàvies paraules les aplico a la meva vida d'avui.

Un altre mantra per a mi és el d'aferrar-me a l'aquí i a l'ara.

El que costa és el present

Alguns actors som molt aficionats a les tècniques de la teràpia Gestalt. Això que estic fent —aferrar-me a l'escriptura— és molt terapèutic. Crec que a tots ens aniria millor si tots els dies de la nostra vida sabéssim viure en el moment, sense pensar en el que ha passat o en el que vindrà després. Cal donar importància al present perquè és l'únic que tenim, el passat ja ha passat i el futur encara ha d'arribar. Aquesta malaltia està molt instal·lada en el present. Avui soc aquí, teclejant, reflexionant sobre mi..., i estic aquí. És millor no donar voltes al demà, perquè amb el meu amic Al és com tenir un ratolinet al cervell que se'm va menjant de mica en mica la memòria i la consciència, i sé que algun dia arribarà el final. Espero desaparèixer abans o trobar una manera de desaparèixer. Sona massa brusc, ho sé, però què hi farem.

El que compta és viure el present, ser present en el present. La nostàlgia et pot assaltar quan veus una fotografia, llegeixes una carta... Em passa revisant els meus diaris. I tampoc m'hi ajuden les meves circumstàncies. Però aquesta sensació és cosa de segons. Perquè la realitat, la d'avui i la d'ara, s'imposa de seguida. Malgrat l'Alzheimer, crec que s'ha d'aprofitar el que la vida t'ofereix.

La paraula *víctima* no m'acaba d'agradar. Estic en un punt en què tinc una sensació estranya del temps. És una malaltia molt curiosa, perquè va molt a poc a poc, tant que crec que, si no fos actriu, potser avui no estaria ni diagnosticada. És millor acceptar-ho. Ho acceptes, però passes per tot, passes per un tobogan d'emocions, cada dia et trobes amb dificultats noves o diferents, fins que et tanques a casa perquè és on et sents més segura. Jo intento no tancar-me del tot, però és molt complicat d'acceptar. De vegades estàs normal i et poses a plorar, i no pots parar, o de cop rius molt, o estàs creatiu... En una de les entrevistes que vaig concedir en fer pública la malaltia, vaig confessar que estava interpretant el personatge de l'actriu que explica què li passa. No és del tot un personatge, és clar, sé que soc jo, però al mateix temps és com si em sortís alguna cosa de la professió, de l'actriu que està acostumada a fer aquest tipus d'actuacions.

Afortunadament.

10

Barcelona-Madrid-Barcelona

Les aventures reals que vivim els actors quan treballem junts són molt potents, i la comunicació entre nosaltres, molt intensa. A Barcelona hi deixava la meva família, però a Madrid em retrobava amb la meva altra família, la de l'ofici, formada per molts afectes i amics de l'ànima, com Julieta Serrano, Eusebio Poncela, Marisa Paredes... Aquell moment era el punt àlgid de la Movida, i la vivíem intensament. Era una moguda! Madrid era més canalla que Barcelona.

Allò m'entusiasmava. Les nits després de treballar eren brillants. Recorries els locals i en cada port trobaves gent interessantíssima, esperada i impredictible. Tots acabàvem als mateixos llocs. Et trobaves gent com Pedro Almodóvar allà on ens reuníem els progres del moment. Amic dels seus amics, sempre ha tingut una manera brillant de ser a la vida. Reconec que quan vaig treballar per a ell anys després estava impressionada tota l'estona. I mira que tenia bons amics, com Marisa Paredes, que coneixien bé l'Almodóvar perquè formava part del grup de gent que jo freqüentava. Però em sentia intimidada per ell. En realitat, aquesta sensació em va ajudar molt a poder entrar en el personatge i interpretar el paper que feia a *La flor de mi secreto* (1995), però el record que en tinc és aquest.

Sí, parlo en passat. Madrid va ser durant molts anys la meva segona llar. Encara m'hi queden grans amistats, allà, tot i que amb el pas del temps i la falta de comunicació directa les relacions s'han anat diluint. Però estic segura que ells, els altres, siguin on siguin, també saben que el trajecte que vam fer junts ens va fer créixer com a persones. Rèiem com bojos! Vam experimentar estats de felicitat i d'amistat d'una qualitat difícilment repetibles. Vam viure un moment històric que ja ha quedat segellat amb un nom magnífic.

Però la vida sempre porta canvis.

Sempre ens queda el que hem viscut

A poc a poc i per circumstàncies personals va arribar una etapa en què ja no podia instal·lar-me a Madrid tan fàcilment. Hi anava a treballar al cine o al teatre quan sorgien els projectes, però el fet de passar-hi únicament el temps necessari va fer que es perdés aquest contacte. Els que em queden més lluny són els que van formar part de la Movida. Tants viatges Barcelona-Madrid-Barcelona passen factura, i quan les responsabilitats familiars es van intensificar, vaig arrelar-me a la meva ciutat.

De vegades, la intimitat amb els amics se'ns escapa de les mans. Els amics van quedant enrere i arriben els que hi són aquí i ara. Sé que hi ha moments inoblidables que encara viuen dins meu i que mai no em deixaran. Malgrat que el meu cas sigui una excepció, sempre ens quedarà el record —mentre pugui recordar— de com ens estimàvem, ens fèiem costat i rèiem junts. *Riure és una benedicció i un gran remei per a l'ànima. També ho és ara per a mi. No us penseu que no em ric de mi mateixa. Encara experimento el que en diem una sonora riallada.*

Des d'aquí vull fer un homenatge a Julieta Serrano i a Berta Riaza, grans mestres de l'escenari. Elles em van acollir i em van cuidar a Madrid com unes autèntiques amigues. El vincle dura fins avui. La Berta, la més moderna de la seva generació juntament amb la Julieta, em va precedir en l'aprenentatge de coses complicades i ja no és entre nosaltres. T'estimo, Berta. I a tu, Julieta, però a tu encara t'ho puc dir en persona. No hi ha res com sentir que t'ajuden a transitar per etapes complicades.

Al cap d'un temps, vaig aconseguir a Madrid un petit i acollidor apartament amb balcons que donava a una de les places més populars de la ciutat. M'encantava estar en contacte visual amb la gent i l'ambient que es generava al carrer. Era un lloc senzill, tot i que el vaig reformar seguint la meva obsessiva herència novaiorquesa. La principal premissa era la de fora parets, excepte les necessàries per a la intimitat. El mateix arquitecte que em matava a ensurts amb el pressupost de la meva casa barcelonina va ser qui es va encarregar magníficament del pis de Madrid.

Sovint anava a menjar a les cases de la Julieta i la Berta, perquè vivíem molt a prop, rèiem i jo em sentia acompanyada. La Julieta és una lectora compulsiva i una actriu brillant i generosa. Tinc molta sort de tenir-te com a amiga, estimada, malgrat que la distancia no afavoreixi el dia a dia. La Julieta, juntament amb Núria Espert, ens va regalar aquelles magnífiques *Criadas* que van donar la volta al món, i ha brillat al cine a les mans d'Almodóvar i molts altres. Ara també em ve al cap Eusebio Poncela, a qui he perdut la pista. On ets? Et trobo a faltar. També a Carlos Hipólito i a Mapi Sagaseta, la seva dona i també actriu. Ell, que sempre em feia riure... Ells configuraven el meu cercle madrileny dels amics-família.

A Madrid hi havia una *troupe* de sofisticats i ens ajuntàvem tots, parlàvem de cine, de teatre, de tot. Va ser una època molt bonica, tots érem joves i estàvem immersos en diversos projectes molt creatius. Hi havia una gran efervescència artística. Avui les circumstàncies m'impedeixen treballar, però recordo que sempre anava amunt i avall. Encara em sento molt connectada amb Madrid. En general, sempre m'he sentit acompanyada pels amics tant a la Ciutat Comtal com a la capital del regne, com un mariner que, com diu la llegenda popular, té una xicota a cada port. Però tot es va modificant a mesura que passen els anys. I ara en queden pocs, cada vegada menys. Alguns ja no hi són. Com m'agradaria retrobar-me amb algun d'ells, encara que, en certa manera, sé que no ho desitjo amb totes les meves forces. És la percepció que cada cosa té el seu moment, el seu cicle. I el passat el guardo pur en la intimitat del meu record, tot i que no em tanco a res o a gairebé res.

Tot semblava etern

Segueixo recordant aquella llarga etapa de plenitud en què tot semblava possible, fàcil i etern. I quines nits a la sala Rock-Ola! Aquell local que obria cada dia va ser el centre social de la Movida. Ser-hi vistos significava alguna cosa, i deixar-se veure era important si volies participar en aquell fenomen cultural. Allà, a més a més dels concerts, s'hi celebraven tot tipus d'esdeveniments, com representacions teatrals, exposicions, projeccions, festes, homenatges, presentacions... Tot era fresc i espontani. Pots creure que et construeixes a tu mateix, però els qui són al teu costat, els altres, són el mirall on et mires. I en aquella època, en aquell Madrid, jo hi vaig trobar uns quants miralls.

L'atmosfera barcelonesa era diferent, però no menys estimulant. Se m'apareix com un flaix, precisament, el local Flash Flash. El 1970, dues parelles d'amics aficionats a menjar bé i desitjosos d'espais nous on reunir-se van muntar el restaurant que a ells els hauria agradat descobrir. Un lloc que no fos sorollós, amb un horari flexible i ampli, lluminós i confortable. Els arquitectes Alfonso Milá i Federico Correa es van encarregar de l'interiorisme; la model i estilista Karin Leiz i la intel·lectual Cecilia Santo Domingo en van elaborar la carta, i el nostre amic Leopoldo Pomés, fotògraf i cineasta, un gran entre els grans, va crear la icònica imatge del local, que no va ser altra que la Karin. Hi anàvem també en Joan i jo amb freqüència, ja que a més de reunir-nos amb amics, en Joan exercia de creatiu publicitari i allà es trobava amb altres companys de professió. Les truites en continuen sent el plat estrella, però encara veig en Joan gaudint amb les seves hamburgueses inspirades en Nova York. Igual que ens veig a Il Giardinetto, restaurant italià en el qual també es va embarcar en Leopoldo i punt de trobada d'artistes, arquitectes, intel·lectuals, escriptors, dissenyadors... No puc evitar somriure per tot el que he viscut, per les celebracions més romàntiques i íntimes o per les trobades espontànies on tant vam riure. Rememorar, mentre es pugui, també provoca que aflori una nostàlgia sana.

Reconeixe'ls a tots: els que hi són i els que no

De coneguts, en tinc molts; d'amics, pocs, però molt valuosos. Els altres se'm van esfumant de la memòria. Als que no hi són també els entenc. Ser a la vida ja és prou complicat perquè t'hagis d'ocupar de la vida d'un altre, i ni tan sols parlo de les meves circumstàncies actuals. Estic convençuda que els amics te'ls posa davant el destí. I te'ls posa perquè són els adequats per a aquell moment, perquè són els que et poden ensenyar alguna cosa. També hi ha els amics que s'allunyen de tu per motius diferents i, a la vegada, els que tu allunyes de tu per altres motius. I què me'n dieu, dels que sents que t'han traït? Queda clar que s'ha de seguir el camí i deixar enrere molta gent que estimes. Al final, qui decideix que sigui així?

Sí que crec que és important reconèixer tota l'estima que he tingut als qui m'han acompanyat en el tram que hem fet junts i tot el que m'han aportat. I això també val per als amors. Ara em sento com si estigués en un llibre d'autoajuda... Quin horror! Parlo des del meu moment de la vida i de com em sento. No tinc intenció de donar lliçons a ningú, que prou en tenim amb aprendre a viure. Cadascú de nosaltres ha de fer-ho com vagi venint, és a dir, com pugui. I després queden els amics que t'acompanyen sempre. A la meva vida hi són tots: els més recents, els que encara hi són i també els que ja no. La vida segueix el seu curs i nosaltres amb ella. No ens hem d'aferrar ni tan sols a les amistats, i menys als xicots-amants-marits. I ja hi tornem a ser amb la Gestalt.

La importància de l'aquí i de l'ara, d'aferrar-me al present, més que mai, cobra una dimensió més gran. Ho sé perquè, a més a més, ja ho he experimentat en el passat. Fa anys vaig tenir una depressió enorme que va durar molt de temps. Vaig fer de tot, vaig passar per molts especialistes, i també vaig aprofundir en la teràpia Gestalt, que he seguit fent durant anys. La perspectiva de la Gestalt és la que més em va ajudar. Em va servir per intentar actuar i viure amb una entrega total. El cos i la ment van agafats de la mà. També m'ha servit per enfrontar-me als embats de la vida, que n'hi ha hagut i molts, com ens passa a tots. Així que, ara que porto a collibè el meu amic Al, també em resulta útil.

El fet d'estar present en el present m'ajuda molt a suportar la malaltia que vol llançar-me a la foscor. No està sent un entrenament fàcil, això de viure la vida conscientment i treballar perquè el teu cervell no passi d'un pensament a l'altre sense parar, que és el que sol passar. Quedar-se en el moment a moment és una feina molt profunda. No és fàcil, però n'hi hauria prou amb ser conscients de la multitud d'inconsciència que tenim sobre el brotar continu de pensaments que afloren sense treva en la nostra ment i com es van relacionant els uns amb els altres en una carrera sense fi. Es tracta d'induir la ment a ser present en el present per evitar aquest vagabundejar i discórrer d'idees. Juntes, la meva ment i jo, hauríem d'estar presents en totes les situacions de la vida. Això m'ho va ensenyar també la meva psicòloga Carmen Durán, i Juan Carlos Corazza al teatre i a la vida. A través d'ells, vaig tenir la sort de fer un programa SAT (Seekers after Truth), que incloïa un retir per aprendre la pràctica de viure en l'aquí i l'ara.

Quan el dolor es calma dono les gràcies internament a tots els qui em van dur al camí de la Gestalt. Com em podia imaginar que el que aleshores era un aprenentatge per suportar els avatars de la vida i l'excessiva sensibilitat que m'ha caracteritzat m'acompanyaria per facilitar la meva relació amb l'Al, per suportar tot el que passa amb una mena de, diguem-ne, acceptació o dignitat? Sempre torno a aquestes ensenyances com una forma de salvació. Com valoro aquells retirs ja llunyans amb el mestre Claudio Naranjo, aquelles xerrades amb la Carmen i que el meu amic Juan Carlos i la seva esposa Betina facin un forat de tant en tant en el seu intens calendari per venir a fer-me una abraçada a Barcelona. Això és amor.

Evitar els mals pensaments i mantenir-me activa

Les ensenyances de Claudio Naranjo, impulsor de la Gestalt, es van convertir en una organització que es deia *Seekers after Truth*, les inicials de la qual coincideixen amb el terme en sànscrit que es refereix a la *veritat* i a l'*ésser*. Amb els anys també he treballat en l'estudi de l'enneagrama de la personalitat, un sistema de classificació per estudiar la nostra manera de ser. L'enneagrama és una manera de conèixer i reconèixer quin enneatip o tipus de personalitat dirigeix la teva vida i quins han influït en el teu ésser per poder treballar amb tu mateixa des d'una base sòlida. En total, n'hi ha nou, i, en destaquen el lleial, l'entusiasta o el sensible. Saber a què parem atenció en el nostre dia a dia i les nostres emocions, què ens influeix o ens preocupa, té a veure amb l'enneatip. Afegeixo que aquesta ensenyança ha sigut una gran lliçó per portar amb més o menys dignitat la malaltia que dirigeix la meva vida. Part de la meva personalitat és la que l'Alzheimer va esborrant del meu cervell, i l'aquí i l'ara es convertiran de mica en mica en l'avantsala del no ser.

La meva feina ara és intentar aturar els pensament sobre la malaltia que tota l'estona estan presents i no deixar-los espai perquè s'apoderin del tot de la meva ment. No és fàcil perquè l'evidència del que passa té molt protagonisme al llarg del dia, però crec que puc fer-ho. I és millor fer-hi alguna cosa que no fer-hi res.

Si em deixo portar no puc resistir-ho, és massa cruel veure i assistir a la teva petita mort, cada dia, cada hora, minut, segon... A poc a poc, sabent que encara soc conscient del que passa, però també sabent que lentament aniré deixant de veure-ho i saber-ho. Com puc deixar de pensar, aquí i ara, que en un futur estaré obligada a viure sense mi, aquí, i sense mi, ara? I el pitjor de tot és que ni sabré on soc mentre m'encamino cap al no-res.

Així que practico estar activa creativament en el present escrivint com ara, per exemple. Intento dur a terme aquesta creativitat activa en totes les situacions de la vida, i si m'assalta l'Al amb totes les seves armes i arriba de nou el discurs ja desgastat de com continuar, acceptar o donar espai al terrible destí que m'espera... crido una vegada més: «Aquí i ara! Soc aquí i ara!». M'adono que me n'adono i això és estar *viva* encara.

Estic immersa en una lluita constant.

Però també de vegades dono treva a la ment i trec a passejar les meves llàgrimes. Bé, en realitat, elles saben quan atacar i són felices, com quan els nens surten al pati. Inicien el camí al meu rostre i van saltant torrent avall. El nom del meu carrer comença amb un «Torrent de...» perquè antigament les aigües que baixaven de la muntanya passaven per aquí. Deixeu que, de passada, faci una mena d'homenatge absurd als torrents de la vida. Després, com els torrents, les llàgrimes desapareixen i arriben els plaents moments de tranquil·litat, com la sensació que et queda després d'un xàfec. Com si et sentissis neta fins que es reinicia la sessió.

I així més vegades.

II

Quan deixi de ser

JO

He tingut moltes pors, però ara només em domina la por per la pèrdua de la identitat a mesura que la malaltia avança. Si hi reflexiono, m'espanta cada cop més. Per això és tan important persistir (una altra vegada), estar activa i no tancar-me tant a casa. O estar a casa, però cuidant l'intel·lecte a més d'altres ocupacions, és clar. Com va dir Sylvia Plath, «el que vull recuperar és el que era». Tant de bo fos així, perquè també segons les seves paraules, «quan ets boig, estàs ocupat sentint-te boig tota l'estona».

El més dur és saber que aquesta afecció no deixa d'avançar. Això és una constatació que m'incumbeix. Així que només puc esperar activament fins que la malaltia s'apoderi de mi. Fins que devori el meu jo, el meu ésser, encara que el meu cos segueixi intacte, i afegeixo que tinc les esperances posades en una mort digna. I perquè no en quedi cap dubte, ho deixo aquí per escrit, amb les meves pròpies paraules.

Quan el meu jo es dilueixi en una confusió incomprensible —que sens dubte serà visible per a l'espectador—; quan el llenguatge deixi de ser llenguatge per convertir-se en una sonoritat incomprensible; quan les cares estimades es fonguin i es confonguin en la meva memòria i jo deixi de reconèixer-les, per molt que sorgeixi un indici de reconeixement que desapareixerà al moment, o una mica més tard, aleshores vull una mort digna. L'exigeixo. Cada dia m'acosta més a aquest moment i soc molt conscient del que em va passant. És com si el meu present s'escurcés. És dur, sí, per a mi, per a la meva família, per als que m'estimen o em van estimar... Però la societat no pot, no ha de posar-se per davant dels desitjos d'un ésser que, conscientment, adopta aquesta decisió com a necessària per dir adeu amb consciència, ergo amb dignitat. Així és. Mai m'he penedit de res. Tampoc d'això. És més, estic disposada a anar on sigui necessari mentre sigui possible i la meva família, encapçalada pel meu germà Joan, ho cregui convenient.

Espero que em disculpeu si la necessitat o el cervell m'obliguen a repetir-me una vegada més.

A estones vull creure que tot això és un error, que s'han equivocat amb el diagnòstic, i... m'ho he cregut! Després em dic que, efectivament, s'ha destapat molt aviat degut a la meva professió. Com a mínim, si ho necessito, sé que puc cridar «SOS» i demanar ajuda. Utilitzo moltes tècniques per superar els moments difícils. Permeto a la meva nena petita que plori, cridi i desaparegui dins del llit. Això últim és el que més li agrada, estar allà envoltada de llençols. A més a més, és pràctic i molt discret. No vull que els veïns ens enxampin i s'alertin pels sorolls. Quan es calma, la deixo descansar una mica o m'invento alguna activitat per fer. Com que sempre hi ha coses pendents, acabem tranquil·les i entretingudes i, si no hi ha sort, recorro al truc de la caixa tonta, que és com la meva amiga Berta Riaza anomenava el televisor. Tonta o no, és molt útil en moments tan escandalosos.

M'agrada estar sola i gaudeixo del temps que puc dedicar-me a mi mateixa. I encara que ara la meva situació és força complicada, intento no deixar-me vèncer per les temptacions a què estic sotmesa: plorar, menjar, compadir-me, enfadar-me, donar pas a la por i avocar-me a l'abisme. No sé com ho faig, però ho acostumo a aturar. Vull pensar que tot el temps dedicat al treball que ja he explicat sobre mi mateixa amb la teràpia Gestalt, les sessions amb la meva psicòloga de Madrid, els retirs amb Claudio Naranjo i la profunditat de les meves converses amb en Corazza eren ja un pròleg de preparació per encaixar el que em succeeix ara.

Així que intento observar-ho tot amb una mirada comprensiva i parlo a la meva nena interior per convidar-la a mirar enrere i que vegi com de valenta ha sigut, tot el que ha lluitat per ser el que sempre havia volgut ser. Li explico que, avui, ella i jo hem de seguir sent com sempre i que hem compartit la preciosa missió d'escriure aquest llibre. Sento que això sí que pot tenir una utilitat, i per això ho he fet. Aquí queda. Si no és un llegat que serveixi per als actors o per a qui hi tingui interès, com a mínim la meva família, a la qual ja no coneixeré o la que coneixeré, però no reconeixeré, segons com vagin les coses, podrà saber qui era jo. Potser és perquè soc actriu, però tinc la necessitat d'abocar això i de convertir-ho en un acte artístic. L'actriu és aquí, empenyent. M'he anat tancant i m'he anat allunyant. Crec que molta gent ho sentirà. He viscut moments molt intensos al cine i al teatre, i crec que molts tindran un bon record de mi.

He de confessar que aquesta diguem-ne fatalitat també m'ha portat avui fins aquí per intentar relatar en aquest text i intentar explicar-vos com actua aquesta malaltia i com afecta la meva encara vida conscient. He sigut capaç d'escriure sobre els meus sentiments tenint l'espasa de Dàmocles a sobre. Veig com va a poc a poc, i me n'adono, potser no tant com em penso, però vaig veient tot el que em passa i que he intentat relatar en aquestes pagines. Sé que em dirigeixo cap a la foscor. Però el que és important és llevar-me cada dia i seguir. S'ha de deixar que el temps faci la seva feina mentre el meu cos i la meva ment es van apaivagant. Valoro cada nou dia perquè encara mantinc la consciència del que em passa. També sé que, en el que em queda de vida, inevitablement continuaré tement i rastrejant les petites pistes que em porten cap al no-res. No crec en el diable ni en els càstigs divins, ni que al suposat cel m'esperi un cor d'àngels perquè em vegi el Mestre. Sí, suposo que algú devia ser l'artífex del bé, m'imagino, però no crec en els miracles. Prefereixo quedar-me amb la certesa del poder mental d'algunes persones: els professionals que, amb els seus coneixements, poden curar-te o alleujar-te.

Hi ha un poema de Gabriel Celaya que m'encanta, «Els miralls transparents». Reflecteix molt bé el que sento, la confusió amb la qual de vegades em moc. Així em sento, indecisa com una pobra dona perduda, com dient-me a mi mateixa «Tu què, qui ets», i també responent-me «Com, que qui soc?».

Perquè en realitat, com va escriure el poeta, *res no és el que es veu al mirall.*

Preocupada per una vida indigna

De la mateixa manera que puc morir demà per alguna cosa inesperada, també puc viure molts anys més —el meu cos gaudeix de molt bona salut—, malgrat que ja són molts els que he viscut. Si així fos, els viuré amb l'okupa a la meva ment. Sí, em pregunto fins quan. Quin sentit tindrà viure quan l'Al m'hagi engolit el cervell del tot i jo deixi d'estar capacitada per cuidar de mi mateixa o de comprendre el que m'envolta? Cap.

De tant en tant m'enfado amb el meu amic Al, però és el meu company de viatge i, bé, s'ha de *pactar.* Ho porto pitjor amb les maleïdes normes de la societat (avançada?) en què visc, que no sé si em permetrà morir-me quan el meu jo ja no hi sigui. Crec que soc l'única que pot decidir com vull morir, i vull que sigui dignament.

Una mort digna per a mi és, ha de ser, una que tingui lloc en l'instant que ja confongui les cares dels éssers estimats o no pugui netejar-me sense ajuda o parli en un idioma indesxifrable. Quan el meu cervell estigui qui sap on, ni en l'aquí ni en l'ara. No voldré anar més enllà d'aquest moment. No vull viure indignament.

Quan el meu cos s'oblidi de com ha de caminar, beure, parlar, estimar... I el meu esquelet desaprengui el que havia après, a la vegada que la meva ment es fongui amb l'Al i porti el timó, amo del que serà el meu *ja no jo*.

Vull una mort digna!

Quan el que anomenem *jo* ja no hi sigui, tant li farà si alguna vegada sorgeix una reacció com si jo hi fos. Ni cas. Jo ja no hi seré i no vull retards en un projecte tan perfilat. Ho tinc escrit, firmat i dipositat a tot arreu on toca. Que s'uneixi a mi qui també ho necessiti. Que sé que som molts amb diferents diagnòstics sense cap esperança de curació.

Vull, demano, exigeixo una mort digna.

A la nostra societat es parla molt de la mort digna, però tinc la impressió que estem a la prehistòria pel que fa a aquesta qüestió. Creiem que la vellesa és sàvia, i sí, jo també ho crec! Però, en el meu cas, no. Perquè m'aniré convertint en un *ésser sense ésser* a qui hauran de tractar com si fos una nena petitona que no parla, una nena que acabarà balbucejant un llenguatge gairebé incomprensible, com els infants quan comencen a dir les seves primeres paraules, però al revés. Ells estan aprenent i jo aniré desaprenent. On és la paraula *dignitat* en la qual ens recreem tots tant? Vida digna! Mort digna! Per a qui? Qui decideix què?

Arribaré a temps per poder morir amb dignitat?

Tot el que em queda per lluitar

«Sigui com sigui, espero trobar-me amb tu al cel o a l'infern. Maleït sigui!». I és que, sense tenir-ne intenció, aquestes paraules que han sortit de la meva boca espontàniament les vaig aprendre de la boca d'un gran personatge, un gran mestre del cine que és un magnífic exemplar humà difícil de trobar avui dia. Pertanyen per dret al meu estimat Gonzalo Suárez. Un dels més brillants creadors del cine espanyol de tots els temps. Un lluitador fascinant. Un veritable geni.

Maleït sigui és una expressió que està molt present en el seu vocabulari, que, per cert, és molt ric —el vocabulari, s'entén?—, i em feia molta gràcia escoltar-ho en boca seva perquè en els seus llavis es converteix en una cosa delirantment creativa. És un gran mestre de la paraula i del cine d'autor. Fa anys que no el veig, coses de la vida... Tant de bo tornem a trobar-nos.

Maleït sigui em recorda també la cançó que més estimo, la del meu estimadíssim Antonio Flores. «*Maldita sea mi vida...*». T'entenc, Antonio, tu també vas patir força. Ploro amb tu sempre que l'escolto. En la meva boca, l'expressió sona a una pregària que el cel no vol escoltar i a una gran enrabiada, perquè em resulta incomprensible que una societat que es considera avançada no sembla que permeti morir en pau a les persones que ho desitgem. Mort digna, per favor. Maleït sigui, tots a l'una!

Tant de bo ho aconsegueixi, perquè és tot el que em queda per lluitar. Sé que molts també ho volen. Jo, o el meu jo que anirà deixant de ser jo, s'emociona només d'imaginar Antonio Flores portant-me agafada de bracet cantant a l'unison «*maldita sea mi vida*» mentre entro amb ell al... Tatatatxan! Al regne del cel. Quina parella tan estranya i magnífica. Seria bonic si pogués ser real. Bé, em conformo que la posin al meu funeral, que no en vull cap, però si és inevitable m'agradaria que fos un recital amb poesies escollides i músiques estimades.

I també, evidentment, se m'apareix Lluís Llach amb la seva cançó «Ítaca», una cançó magnífica que val per a molts moments diferents, que mai passa de moda i que m'ha ajudat a plorar quan sento la necessitat de fer-ho, a resar, a estudiar, a estimar o a buscar l'esperança. És una joia flexible i sincera que s'adapta al teu estat anímic. Ploro sempre que l'escolto. Plorar és sa i bo per a la pell, diuen. Vinga, posem-la al comiat i deixem enrere la parauleta *funeral* per al funeral.

És clar que també se m'presenta en aquest moment Joan Manel Serrat, un altre monstre deliciós que em va acompanyar en la meva adolescència. Les seves lletres em parlaven ben clares i m'emocionaven profundament. El trobava superatractiu... Bé, ens passava a totes. «La tieta» de Serrat també sonarà al meu funeral. M'hauré d'oblidar de Mozart i dels Beatles? No, els vull a tots. Ah! I em demano també... No ho sé. Me n'he oblidat. Sí, Chopin.

I ja desfogada d'aquest tema que m'amarga el temps que em queda de vida real, m'agradaria parlar del després.

Ser recordada com jo els recordo a ells

Imaginant-me com serà la meva vida sense mi, com em pensaran? Veuran mai alguna pel·lícula en la qual he intervingut per recordar-me? O es farà un silenci sa per no recordar? La veritat és que em sento absurda amb aquests pensaments. Quina importància té? Jo no hi seré. De la mateixa manera que sense proposar-m'ho la vida em porta avui a la ment els meus pares i els meus éssers estimats que resideixen al més-enllà des de fa tant de temps, suposo que amb mi passarà una mica el mateix. Jo visc amb ells, amb els que ja no hi són, situacions en què apareixen la mare, el pare, els meus avis o els meus tiets.

No parlo de coses transcendentals, sinó de la meva manera de ser. Per exemple, tinc una cura especial per certes coses que em ve de la mare, una actitud enfront de la vida que em ve del pare, i una fortalesa cap a les proves que ens posa la vida que compartien tots dos, sempre units, sempre junts, tot i que també en recordo algunes enganxades. No puc evitar que em surti un somriure comprensiu. Eren humans! Però jo assistia a tots els passos que els portaven a un acord final. Eren dos en un.

Els qui ja no hi són sí que segueixen sent-hi en mi, formen part de la meva existència i puc veure-ho, o sentir-ho. Van ser uns pares magnífics. Ens van donar ales als tres germans i a mi em van fer costat, amb certes precaucions, en la meva vocació artística. Es van unir per superar les dificultats i van aconseguir mantenir la família unida. La manera de riure del meu germà gran, la manera de ser del petit... Els meus pares hi són presents sempre, encara que no en siguem del tot conscients. Jo els tinc amb mi, els porto al meu interior sense pensar-ho. L'empremta i el regal que ens han deixat, l'herència més bonica que es pot tenir després de tants anys, que és continuar estimant-los i recordant-los en coses intranscendents o molt transcendents. Veig els meus germans i veig en Josep i la Conchita, sempre per a bé.

Així m'agradaria ser recordada, com ells, encara que la meva vida ha pres un camí molt diferent del que s'esperava, però no per això els meus pares estarien menys orgullosos de mi, n'estic segura. I, és clar, dels meus germans, a qui admiro incondicionalment. Si em repeteixo, ho sento, és la maleïda malaltia. Que entomi la culpa el meu amic Al i jo tiro endavant. Com a mínim puc donar-n'hi la culpa! La mort no m'espanta. No crec que m'esperi res ni ningú després. Cendres, res més. Però sí que, per a bé o per a mal, viuré en les persones que m'han tractat molt de prop i confio que l'empremta deixada sigui més per a bé que per a mal. I hi insisteixo: com aprendríem a viure sense els errors?

CARTA AL MEU AMIC AL

Estimat Al,

T'escric l'única carta que rebràs de part meva per aclarir algunes coses entre nosaltres.

M'estàs arrabassant el meu pensar, el meu sentir i el meu ser. Ho portes fent des de molt abans que fos conscient de la teva presència a la meva vida. Ho has fet sigil·losament, passant inadvertit al principi, disfressant-te d'altres personatges i amagant-te en el cansament, la depressió, l'estrès o la por. A poc a poc et vaig coneixent. Sé que no hi ha res ni ningú que et pugui aturar. Ets tossut i insisteixes a estar sempre present: cada dia, cada hora, cada minut, cada segon... Sé com actues.

Intento protegir-me mentre et veig com un company de vida. Tot i així, no deixo de preguntar-me per què em vas escollir a mi. No deu ser perquè hagi viscut una vida fàcil i em mereixi una lliçó. Has de saber que he hagut de lluitar molt per aconseguir ser qui soc. I no parlo de l'actriu (que també). Em refereixo a la persona. Al, no m'han donat res de franc, excepte l'amor incondicional de la meva família, dels que hi són i dels qui ens van deixar fa temps. En això he sigut afortunada. Però he hagut de treballar tant, a porta tancada i sense un públic que ho veiés, per entendre'm a mi mateixa... Sempre mirant d'entendre aquest doll de sensibilitat que ha dirigit la meva vida des de l'adolescència.

Sento la temptació de dir que tanta sensibilitat anunciava la teva presència. Eres tu qui ha estat amb mi des del principi dels principis? Soc tímida, sensible i, per protegir-me, una mica distant. Tot i que la timidesa desapareixia quan pujava dalt de l'escenari. Quin gran descobriment va ser per a una excessiva sensibilitat com la meva poder regalar aquesta capacitat o emoció a cadascun dels personatges que he interpretat...

En qualsevol cas, he de ser honesta amb tu: hauria preferit que m'escollissin uns altres i no tu. De vegades penso que hauria sigut millor alguna cosa fulminant, sense aquesta càrrega que arrossego —i arrossegaré— cada dia fins qui sap quan. Perquè pesa. Malgrat tot, encara has de completar la feina per apoderar-te definitivament de mi. Guardo bé la meva sensibilitat en un cos encara fort i sa. I aquí ho deixo per escrit. Quan deixi de ser jo, espero poder llegir-ho o que m'ho llegeixin per intentar recordar-me'n. Tant de bo pogués acomiadar-me de tu. Mentrestant, mentre sigui jo, seguiré endavant.

Poesia alzheimèrica

I demano una mort digna

Quan les meves paraules s'enrosquin en un idioma indesxifrable,
quan miri sense veure-hi,
quan hi vegi sense mirar, vagabunda, aliena al que succeeix,
quan m'adormi acabada de vestir
o em desperti acabada d'adormir,
quan reaccioni a un so amable
o m'espanti una vaguetat indesxifrable,
quan el meu cos no respongui a un estímul
encara que obedient cedeixi al so conegut,
quan les veus estimades no m'arrenquin un somriure
o les poesies preferides ja no em reguin el rostre
amb gotes suaus com carícies,
aleshores, vull una mort digna.

Vaig buidant casa meva

Vaig buidant casa meva alhora que la meva ment es queda buida.
Buidor de casa meva,
buidor de la meva ment,

buidor del meu jo que de puntetes deixa de ser jo.
Moviments repetitius que es perden en l'espai
com en una coreografia de Nacho Duato
executada per qui va ser la seva primera ballarina...
Fer, desfer, repetir.
Fer, desfer, reconstruir.
Fer, desfer, desconstruir i seguir.
I així 1-2-3-4-4-3-2-1, 2-3-4-5-5-4-3-2, 3-4-5...
Infinitament.
Fins que la música s'apagui i només quedi La Música
Deuxième, la de Marguerite Duras.

9 de setembre de 2022

Moltes finestres

Moltes finestres perseguint el rodar del sol.
Espai ampli on l'aire llisca com una carícia.
Sons amables reboten des del carrer.
Sons vulgars intenten allunyar-los.
Sons de la vida filtrant-se per les finestres.
Sons que acaben el seu cicle morint a la meva ment.
Casa meva.

16 de setembre de 2022

Jo

Jo, un conill fugint del seu destí
mentre l'AI em persegueix sense fi.
S'apunta al repte!
Vol apoderar-se de mi!
Corro i corro sense parar
amb la consciència encara intacta del meu destí!

Només un miracle pot arreglar-ho.
No vull ser engolida per aquest remolí!
Imatges caòtiques construeixen el meu futur
i el cap pren en mi la forma d'Hur
mentre intento oblidar l'oblit que em porta cap al no ser.

18 de setembre de 2022

Tornem a començar

Indisciplinadament disciplinada.
Juraria que m'envolta el caos,
ja que gairebé mai el que es comença s'acaba.
Fins que ho torno a reprendre
i, si hi ha sort, a continuar.
Tret que el meu pensar se n'hagi anat a passejar
i em cridi l'atenció qualsevol altra cosa en un altre lloc.
I «qualsevol altra cosa» em porti a una altra
i una altra, a una altra sense parar.
Deixant així, obertes, un batibull d'impossibles múltiples possibilitats
mentals o materials.
Tornem a començar?

23 de setembre de 2022

Escriure…

Escriure em neteja per dins.
És com una espuma verda i suau que em suavitza l'esperit.
És com vomitar i sentir després l'estómac lleuger.
És com rentar-te les dents i notar la frescor del teu dentífric
preferit deixant-te un gust suau a la boca.
És com deixar una bonica poesia sortir dels teus llavis.
És com utilitzar paraules malsonants fins que emergeix

l'autèntic llenguatge.
És com obrir el cor per deixar que se'n vagin volant els mals esperits.
És com un suavitzant que deixa la roba suau i perfumada.
És com canviar d'idioma sense que ningú s'escandalitzi.
És... purificador!

Sense data

No. Gens bé

Perquè amb la soledat l'ànima s'entristeix
i el cor té un buit...
Perquè enmig del soroll és on s'acostuma a trobar sol
i sense sentir cap tipus de soroll.
Per què desitgem estar sols si quan ho estem no trobem cap consol?
Desitgem cridar i cridem.
Desitgem riure i riem.
Fem tot el que volem,
però després seguim trobant-nos sols
i no ens ha servit per res ni cridar, ni riure, ni plorar
perquè seguim estant sols.
Veig la gent passar pel carrer
mirant-se els uns als altres
es repassen els uns als altres
i es critiquen mútuament.
Veuen uns cabells llargs i diuen: «Nen o nena?».
Veuen uns cabells curts i diuen: «Nen o nena?».
Mai estem contents,
res no ens sembla bé.
Alliberem-nos de prejudicis.
Deixem viure la gent.

Poesia de joventut, sense data

Epíleg

Madrid. Aeroport de Barajas. Vol d'Iberia Madrid-Roma. Arribo puntual a la porta d'embarcament. Tinc uns minuts per respirar, i això m'alleugereix l'agitació que em produeixen els aeroports. Aprofito per revisar les obres de Txékhov amb les quals treballaré en el curs que impartiré a la terra dels meus avis. Confio que les actrius i els actors italians comprendran la Rússia del segle XIX, personatges que busquen la felicitat, que treballen amb l'esperança d'un demà millor per al món. Trobaran alguna ressonància amb la realitat actual?

Comença l'embarcament. Avança la fila de passatgers. Em sona el telèfon mòbil: és Carme Elias, per a mi, la Carmen. A la confiança de la nostra amistat mai li ha calgut l'avantsala social d'un «hola, com estàs», i ara tampoc.

—És Alzheimer. M'ho acaben de dir.

La seva preciosa veu es trenca en la sonoritat d'un plor tan profund que em tenalla el cor. Només el silenci i la meva escolta poden acompanyar-la. Fins que aconsegueixo preguntar-li on és.

—Estic sortint de la consulta mèdica.

La veu que ha expressat el dolor de tants personatges ara està trencada, però tot i així no perd la claredat que ens ha regalat des de tants escenaris.

—Està confirmat, és el que temia, tinc Alzheimer.

Un silenci infinit en què pensaments, paraules, accions i creences cauen, amb la certesa que res no tornarà a ser igual. Respirem junts en aquest buit durant uns minuts més, fins que el meu vol està a punt d'enlairar-se.

—T'estimo molt.

—Jo també t'estimo.

—Et trucaré quan arribi a Roma.

Me la imagino acollida en els braços dels seus germans, cunyada, neboda, nebots..., del seu fill Nico. Quan tot cau queda l'amor dels vincles. Però quan ens arribi l'hora també l'haurem de deixar anar. Tanco els ulls desitjant-li a la meva molt estimada amiga molts anys amb una bona qualitat de vida.

Barcelona. Algunes dècades abans. Teatre Mercat de les Flors. Nit d'estrena de l'obra *Acreedores*, d'August Strindberg.

Els assaigs han estat breus i intensos, no exempts de serioses dificultats, i molt creatius. Se sent el rumor del públic que s'acomoda al pati de butaques. Falten deu minuts per començar la representació. La Carmen, ja caracteritzada per al personatge, surt del camerino per buscar-me en la foscor del passadís que condueix a l'escenari. Tremolant, m'agafa la mà i em diu:

—No sé qui soc ni què he de fer. No recordo la lletra.

Algunes actrius i actors viuen això durant uns instants, i després es llencen a actuar. Li faig una abraçada i la miro.

—Tu ets la Carmen, i el que m'estàs dient és part del que sent el teu personatge. Ara interpretes la Tekla, una escriptora separada d'un escriptor. Arribes de fer un tomb per reunir-te amb el teu amant, un pintor. En recordes bé el text, el seu perquè i per a què, però la manera en què ho facis ha de ser espontània, no mecànica, imprevisible. En part això és nou per a tu i, encara que t'agradi, sents una mica de por. Atreveix-te a deixar-te endur i a gaudir de comunicar-ho al públic.

La Carmen mai va oblidar-se d'una sola paraula d'aquella obra tan complexa. La por escènica i la fantasia d'oblidar el text és una cosa a la qual molts professionals s'enfronten. La Carmen ho va viure i ho va superar posant-hi consciència i treballant amb rigor. La seva passió, intel·ligència i claredat amb la paraula són qualitats que sempre l'han distingit. En diverses funcions va ser presa per aquesta entrega i gràcia que només aconsegueixen els grans intèrprets. Més enllà de la seva tècnica, experiència i encant, va tenir el coratge de començar a deixar anar alguns dels hàbits adquirits i es va arriscar a expressar emocions, pensaments i reaccions del seu personatge d'una manera més lliure per a ella, amb moviments escènics vibrants i imprevisibles.

Intuïció. Deixar-se portar. Saviesa que sorgeix de l'instint. Una època en què el dolor de la seva ferida d'amor tendia a barrejar-se amb els sentiments del seu personatge. Quan el drama escènic corre el perill de convertir-se en el propi psicodrama, per travessar-lo s'hi ha de passar amb consciència i després s'ha de decidir deixar-lo anar. Prendre distància per comprendre i donar vida al personatge, entrant i sortint de la ficció amb llibertat, gaudi i creativitat.

Canviar. Va ser aleshores quan la Carmen va iniciar un procés d'autoconeixement, un camí de transformació profunda que la va dur a trobar-se amb les seves pors, els seus fantasmes, i també amb la seva valentia i el seu gran cor. Em va transmetre que ja era hora de començar a buscar-se a si mateixa. La vaig sentir decidida, semblava impulsada pel que Shakespeare ens diu en la seva obra *El rei Lear*: «Intenta coneixe't a tu mateix abans d'arribar a vell».

Barcelona. Barri de Gràcia. Casa de la Carmen. Dissabte al matí. Un temps després del diagnòstic.

Està agraïda de tenir la fortuna de comptar amb el seu germà Joan i tota la seva família acompanyant-la. Una força respectuosa i generosa que la sostindrà incondicionalment.

Abans de sopar anem a fer un tomb pel seu barri, fins a trobar la botiga on compra la motxilla que vol regalar-me.

En adormir-me, escolto el silenci de la seva preciosa llar, construïda amb esforç, treball i perseverança, i imagino que emmudeix de tristesa i soledat.

Durant l'esmorzar, la claredat del matí sembla animar la Carmen. Així, ens submergim en una conversa sobre la possibilitat de fer pública la seva malaltia.

Ara, un nou canvi: a l'escenari de la vida mostra la seva veritat en comptes de la dels seus personatges, preguntant-se a què es deu tant enrenou mediàtic, interès o admiració. Potser ens sorprèn i ens admira veure a algú obrir-se tan honestament, compartint situacions que habitualment romanen a l'ombra de cadascú, de la família, fins i tot de la societat.

Casa de la Carmen. Sobretaula. En Nico, amb l'orgull d'un jove que està madurant, ens mostra els nous dibuixos que ha fet, el seu imaginari impregnat del món del còmic, fins que li fa un petó de bona nit a la Carmen.

La felicitat més gran de la Carmen és veure'l trobar camins per a una bona vida. Potser el dibuix acaba vencent l'estima a l'ordinador que a ella tant la preocupa. El que més desitja és acabar d'encarrilar el que pugui ajudar aquest jove a sostenir-se, a seguir creixent amb salut i amor.

Madrid. Estudi d'actuació. Preparació per a la pel·lícula *Camino*, de Javier Fesser.

Asseguts al terra de la sala d'interpretació, llegint i subratllant frases del guió, apuntant als marges paraules inspiradores per a l'acció, la Carmen s'entrega a la seva preparació amb el rigor i el compromís de qui estima aquest ofici, conscient de la seva responsabilitat.

El viatge pel seu imaginari ens porta fins a la nena Carmencita, a la seva escola, una nena de família modesta d'un barri barceloní, innocent, pura i amb una profunda fe en l'invisible. Abraçant-la amb imaginació, es converteix en inspiració per crear el personatge per a la pel·lícula, una mare tan humana com terrible, moguda per un estrany amor cap a la seva filla. Amb unes poques tardes en té prou per preparar-se i estar llesta per entregar-se a les propostes del director. El destí vol que el Goya a la millor actriu protagonista sigui per a... Carme Elias!

Separats per un interval d'uns quants anys, acompanyo la Carmen a nous mons imaginaris en dos guions de Claudia Pinto. Assagem *La distancia más larga* durant diverses tardes a casa meva i, com sempre, ella s'entrega a provar, imaginar i comprendre el seu personatge, i pren el que sorgeix amb passió i intel·ligència. Registra les seves notes amb molt detall, però se li obliden a l'avió que la du fins al rodatge a Veneçuela. Des d'allà em truca angoixada just abans de rodar l'escena en què el seu personatge està a prop de la mort. Les notes que tant l'ajuden a imaginar aquella ficció ja no hi són. Em sembla una invitació o un repte per deixar-se portar, per crear l'abisme davant del qual es troba el personatge, el coratge d'una dona quan es disposa a saltar cap a la mort.

Anys després. Un extens discurs de la pel·lícula *Las consecuencias*, segon guió de la seva directora i amiga Claudia. La seva passió i dedicació a la feina no minven malgrat els inquietants estudis que està fent sobre la seva memòria. Al vestíbul de l'entrada al seu edifici hi ha un piano que aprofita per assajar les seqüències en què el seu personatge, una pianista, ha de tocar.

L'agitació de la seva ment durant el rodatge no li impedeix expressar els sentiments esfereïdors del seu personatge.

Entre els núvols de la seva ment, que confon o oblida els temps, per moments aterrida i conscient de la possibilitat que es desfermi una tempesta desoladora que acabi definitivament amb la consciència de qui és, la lucidesa de la Carmen brilla com mai ho havia fet.

El seu coratge per no negar i veure la realitat, obrint-se més i més a l'amor, l'ajuda a comprendre i acceptar les diferències o limitacions dels seus éssers estimats, d'amics propers de temps ara llunyans. Acceptant el que li ha portat el destí, la pluja de les seves llàgrimes li envolta les galtes, mentre el seu cor i la seva ment troben un recessos d'alegria, una nova i misteriosa pau interior.

On anirà aquest misteri que és ella mateixa quan la seva ment-pensament ja no sigui aquí?

Madrid. Teatro Nuevo Alcalá. Premis Actúa de la Fundación AISGE.

Al teatre, ple de gom a gom de professionals de l'audiovisual, quan la gala ha acabat, la Carmen, amb el premi a la seva trajectòria a la mà, sempre acompanyada pel seu germà Joan, rep la salutació de companyes i companys que se li acosten. Entre tantes trobades, resulta difícil travessar el llarg passadís que condueix a la sortida de la sala. La noto contenta i inquieta a la vegada, aclaparada davant de rostres que no veu des de fa anys, mirades, veus que evoquen èpoques passades, persones a qui ara no li resulta fàcil posar nom i cognom.

Sostenint la seva elegància de sempre, amb sentit de l'humor i els llavis tancats, em diu que vol marxar d'allà tan aviat com sigui possible.

Quan aconseguim desprendre'ns de les últimes abraçades, una entrevistadora que grava amb el seu mòbil interroga la Carmen sobre els seus plats preferits. Ella somriu amb cert aire aristocràtic, i respon com si li haguessin preguntat sobre el seu personatge a *El abanico de lady Windermere*, d'Oscar Wilde.

Caminada cap al restaurant per carrers propers al teatre amb les actrius Julieta Serrano, Charo López i Silvia Marsó, la directora Claudia Pinto, la representant de la Carmen, Laura González, i el seu germà Joan.

Comencem a sopar atents al que li passa a la nostra estimada amiga. La Betina ha arribat i és amb la Carmen a fora, a la terrassa del restaurant, protegint-la del fred amb el seu propi xal. El contrast entre els mesos de recolliment a la seva casa de Gràcia i estar una altra vegada enmig del remolí de la professió ha sigut massa. Reviure les nits d'estrena a Madrid, amb emocions intenses, afalacs, crítiques, amors, acords i desacords, moviments i soroll fins a quedar-se sense alè. A la vorera, la nit l'acull amb el seu silenci i l'aire fresc de la tardor l'ajuda a recobrar l'ànim. Juntament amb la Betina, torna a la taula per recuperar l'alegria i el riure amb els amics, però sense poder fer ni tan sols un mos.

Estació d'Atocha. AVE Madrid-Barcelona.

L'endemà al matí, la Claudia acomiada la Carmen i el seu germà Joan quan emprenen el trajecte de tornada a casa.

Des del seu seient al tren, en Joan m'envia una foto amb la seva germana dormisquejant al seu costat. La veig esgotada. Podria ser que el seu cos i la seva ment estiguessin dient prou a aquests esdeveniments? «Joan, tu també hauràs de descansar. Que arribeu bé a casa».

A la tarda, en Joan m'escriu: «Força recuperada de l'estómac, però molt descol·locada pels canvis d'ahir i d'avui».

Casa de la Carmen. Després d'uns mesos amb videotrucades, la seva gosseta em rep resolta a no permetre'ns l'abraçada de retrobament. Els lladrucs gelosos de l'animaló no cessen mentre la Carmen em llegeix fragments dels seus diaris de joventut o versos que ha escrit recentment a l'ordinador. S'atura i en total quietud escolta la meva insistència en el seu talent per escriure; l'animo a fer-ho.

«Escriure les meves vivències. Un llibre autobiogràfic? Potser millor poesia. Seguir posant paraules a l'evolució d'aquesta malaltia... Descriure les parets estrenyent-se dins de la meva ment, deixant un espai cada vegada més estret, estrany i angoixant. Escriure?».

Sortim a comprar pasta fresca per sopar. Mentre cuinem els raviolis de La Chitarra que sempre ens delecten, els grans ulls de la Carmen reflecteixen l'esperança d'una antiga passió seva despertant-se:

—Escriure m'encanta. Per què no?

Madrid. Aquí, ara, a casa meva, he d'acabar aquest text que tant de bo arribi a honrar la nostra amistat i a fer servei a altres persones.

D'aquí a unes poques hores tornarem a trobar-nos per celebrar el Premi Días de Cine que t'han concedit. Sí, un altre premi! És veritat que mai t'han premiat tant com en aquests últims temps.

Trobar-nos aquesta nit. Quantes trobades i comiats amagarà el nostre destí? Qui partirà primer cap a «aquell país inexplorat del qual no torna mai cap viatger»,* com diu Hamlet?

Si arribat el dia del canvi final es compleix el teu desig, la teva elecció de decidir com fer aquest salt definitiu mentre conserves la lucidesa, si tu vols i jo encara segueixo en aquest món, tal com et vaig prometre, estaré amb tu.

* Shakespeare, *Versions a peu d'obra*, trad. Joan Sellent, Edicions del Núvol, Barcelona, p. 72.

Amb el meu amor de sempre i amb el meu dolor, al teu costat o en la distància, desitjaré que volis alt, lluny, per camins de llum que sabràs reconèixer. I aleshores et deixaré anar la mà per dir-te «gràcies, amiga de l'ànima».

Mentrestant, el present ens regala el miracle i la consciència de ser aquí, celebrant l'alegria de l'amistat.

JUAN CARLOS CORAZZA
Madrid, 17 de gener de 2023

Trajectòria com a actriu

2022 Medalla d'Or al Mèrit en les Belles Arts que atorga el Ministeri de Cultura d'Espanya

2021 Premi Gaudí d'Honor de l'Acadèmia del Cinema Català

Cinema

2022 *Aquí, ahora*. Claudia Pinto (en progrés)

2021 *Las consecuencias*. Claudia Pinto

2018 *Quién te cantará*. Carlos Vermut

2013 *La distancia más larga*. Claudia Pinto

2012 *Tengo ganas de ti*. Fernando González Molina

2010 *Planes para mañana*. Juana Macías

2011 *¿Estás ahí?* Roberto Santiago

2008 *Camino*. Javier Fesser
Millor actriu protagonista als Premis Goya de 2009
Millor actriu protagonista als Premis Unión de Actores
Premi Sant Jordi 2009 de RNE
Millor actriu de cine als Premis Butaca

Millor actriu espanyola als Premis Turia
Millor actriu de la Semana del Cine y de la Imagen de Fuentes de Ebro (SCIFE)
Millor actriu protagonista als Premis Sant Jordi de Cine
2006 *Los aires difíciles*. Gerardo Herrero
2005 *Cien maneras de acabar con el amor*. Vicente Pérez Herrero
2004 *Sévigné*. Marta Balletbò-Coll
2003 *Haz conmigo lo que quieras*. Ramón de España
2002 *Bestiario*. Vicente Pérez Herrero
2001 *Germanes de sang*. Jesús Garay
1999 *No respires, el amor está en el aire*. Joan Potau
1998 *Manos de seda*. César Martínez Herrada
No se lo digas a nadie. Francisco J. Lombardi
1997 *En brazos de la mujer madura*. Manuel Lombardero
1996 *Pesadilla para un rico*. Fernando Fernán Gómez
Menos que cero. Ernesto Tellería
La vida privada. Vicente Pérez Herrero
1995 *La flor de mi secreto*. Pedro Almodóvar
1994 *Los peores años de nuestra vida*. Emilio Martínez Lázaro
1993 *Carambolas*. Jesús Font.
Los de enfrente. Jesús Garay
1991 *El rey pasmado*. Imanol Uribe
Capità Escalaborns. Carlos Benpar
1989 *Malditas chicas malas*. Hervé Tirmarche
Pont de Varsòvia. Pere Portabella
Premi de Cinematografia de la Generalitat de Catalunya
1988 *Demasiado viejo para morir joven*. Isabel Coixet
1986 *Puzzle*. Lluís Josep Comerón
1985 *Stico*. Jaime de Armiñán
1984 *Dos mejor que uno*. Ángel Llorente

1983 *Victòria! La gran aventura d'un poble.* Antoni Ribas
1982 *Entre paréntesis.* Simó Fàbregas
Luis y Virginia. Jaime Chávarri
1981 *Crónica de un instante.* José Antonio Pangua
Barcelona Sur. Jordi Cadena
1978 *La orgía.* Francesc Bellmunt

Televisió

2016 *Cites.* TV3
2013 *La riera.* TV3
2010 *Gavilanes.* Antena 3
2008 *Herederos.* TVE
2006 *Electroshock.* Juan Carlos Claver
Mar de fons. TV3
Los simuladores. Cuatro
2004 *Siete vidas.* Telecinco
2002 *Mirall trencat.* Orestes Lara
2001 *Antivicio.* Antena 3
1997 *Dones d'aigua.* TV3. Jesús Segura
1996 *Turno de oficio: diez años después.* TVE. Manolo Matji
Nominada a millor actriu de televisió als Fotogramas de Plata
Lucrecia. Mariano Barroso
1995 *Quinteto en sol menor.* José Antonio Páramo
1994 *Arnau: els dies secrets.* TV3
1992 *Crónicas del mal: el ascensor.* José María Carreño
Hasta luego, cocodrilo. TVE
1987 *Philippe de Monte.* Jesús García de Dueñas
1986 *Las aventuras de Pepe Carvalho.* Adolfo Aristarain
Nominada a millor actriu de televisió als Fotogramas de Plata

1985 *Turno de oficio.* TVE. Antonio Mercero
Nominada a millor actriu de televisió als Fotogramas de Plata
1984 *Cuentos imposibles.* TVE
1983 *El jardín de Venus.* TVE
Anillos de oro. TVE. Pedro Masó
1982 *Luis y Virginia.* Jaime Chávarri
1980 *Mare i fill, societat limitada.* TVE

Teatre

2019 *Què va passar amb Bette Davis i Joan Crawford?* Guido Torlonia
2018 *Temps salvatge.* Xavier Albertí
2017 *Caro maestro! Recordant Strehler.* Guido Torlonia
Ricard III. Xavier Albertí
Nominada a millor actriu de repartiment als Premis Butaca
2016 *Al galope.* Guido Torlonia
2015 *Purga.* Ramon Simó
2014 *Al galop.* Guido Torlonia
Nominada a millor actriu als Premis Butaca
Doña Rosita, la soltera. Joan Ollé
2013 *Fum.* Josep Maria Miró
2011 *Purgatorio.* Josep Maria Mestres
2010 *Prometeo.* Carme Portaceli
La casa de los corazones rotos. Josep Maria Mestres
Nominada a millor actriu als Premis Butaca
2008 *Edipo rey.* Jorge Lavelli
Rey Lear. Gerardo Vera
2007 *El ventall de lady Windermere.* Josep Maria Mestres
Nominada a millor actriu als Premis Butaca

2004 *84, Charing Cross Road*. Isabel Coixet
2002 *La gaviota*. Amelia Ochandiano
Premi María Guerrero a la millor interpretació femenina
Nominada a millor actriu protagonista als Premis Unión de Actores
1999 *Els gegants de la muntanya*. Georges Lavandaunt
1998 *Las últimas lunas*. José Luis García Sánchez
1994 *Acreedores*. Juan Carlos Corazza
1993 *La doble inconstancia*. Miguel Narros
Premi de la Unión de Actores a millor actriu protagonista
Casi una diosa. Miguel Narros
1992 *La quinta columna*. Ariel García Valdés
1990 *El hombre del destino*. María Ruiz
1989 *El misàntrop*. Josep Maria Flotats
1988 *Lorenzaccio*. Josep Maria Flotats
1987 *El dret d'escollir*. Josep Maria Flotats
Premi Memorial Margarida Xirgu 1988 a la interpretació femenina més rellevant de la temporada
TP d'Or a la millor actriu per l'adaptació televisiva
1986 *Madame de Sade*. Joaquín Vida
1984 *La gata sobre el tejado de zinc caliente*. Carlos Gandolfo
1983 *Absalón*. José Luis Gómez
1981 *Terra baixa*. Josep Montanyès
1979 *La gavina*. Hermann Bonnín
1978 *La reina ha relliscat*. Llibret d'Alfons Roure
1977 *Un lloc entre els morts*. Escrita per Maria Aurèlia Capmany i realitzada per Sergi Schaaff
1976 *Granja animal: primera òpera-rock en català. Pere Daussà*
Faixes, turbants i barretines. Festival Grec. Santiago Sans
Els pispes. Joan Potau

1975 *Pato a la naranja. Ángel Fernández Montesinos*
El señor de Pigmalión. Esteve Polls
1974 *Las troyanas*. Esteve Polls
Ifigenia en Áulide. Esteve Polls
El retablo jovial. Companyia Àngel Guimerà
El criat de dos amos. Esteve Polls
1973 *La señorita Julia*. Adolfo Marsillach
1972 *La casa de Bernarda Alba*. Joan-Carles Viñoles
El cuadrado de astromelias. Joan Manuel Gisbert
1970 *L'infant que volgué ésser mestre*. Andreu Vallvé i Ventosa
El santón de Perillán. Ramon Balcells
1969 *Ball robat de Joan Oliver*. Ramon Balcells

Agraïments

Vull donar les gràcies a la meva família pel suport incondicional que em regalen en aquests moments difícils, i en especial al meu germà Joan, que ha sigut i continua sent el meu guia i acompanyant des del principi d'aquest dolorós procés. També vull donar el meu agraïment a en Nico, un home en la plenitud que dona llum a la meva vida i segueix ensenyant-me a estimar incondicionalment.

Així mateix, desitjo donar les gràcies a Ángeles Aguilera, a Laura Gamundí i a tot l'equip de l'Editorial Planeta, i també, per descomptat, agrair a Carmen Fernández la seva ajuda i els seus savis consells durant el procés d'escriptura. Gràcies a totes per brindar-me aquesta meravellosa oportunitat; dedicar el meu temps a l'escriptura ha sigut una gran motivació i m'ha ajudat —i m'ajuda— a suportar la duresa d'aquest viatge inesperat pels renglons de la meva experiència.

Gràcies també a tots els qui m'heu acompanyat per donar visibilitat a l'invisible, a allò amagat i inenarrable d'aquesta malaltia. Desitjo que els avenços científics aconsegueixin que algun dia l'Alzheimer deixi d'existir i ningú hagi de passar mai més per aquesta terrorífica experiència.

Dono les gràcies també a tots els qui heu confiat en mi com a actriu, al públic que m'ha sostingut i permès arribar fins aquí. He patit, estimat, plorat, rigut... I també he gaudit enormement del camí. Malgrat l'esborrament de mi mateixa al qual estic sotmesa, hi ha records encara inesborrables. Tant de bo que la paraula ara escrita i que tantes vegades he estimat i degustat no us decebi.

Només em queda per dir que la vida és un instant i al mateix temps una llarga i preciosa experiència. Visquem-la amb valentia, honestedat i molt d'amor.